전교조
알아야
대한민국
지킨다

▶▶▶ 김진성 지음

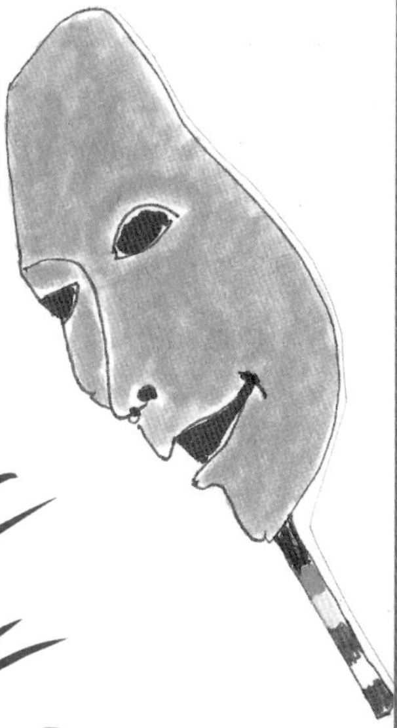

전교조 알아야 대한민국 지킨다

이지출판

유감스럽게도 오늘날 대한민국에는 비뚤어진 이념적 시각에 입각하여 대한민국의 위대한 '성공담'을 비하, 폄하, 부정하고 엉뚱하게도 역사적 '실패작'으로 세계적 조롱과 멸시의 대상인 북한 공산주의 독재체제를 동경하거나 추종하는 '종북'이라는 이름의 병든 의식문화가 범람하고 있다. 그 같은 병든 의식문화의 중심부에 '전교조' 현상이 자리하고 있다.

우리나라 전교조 운동은 1960년대 초 4·19학생의거의 와중에 태동되었다. 전교조 운동은 1980년대 이후 이른바 386세대로 일컬어지는 종북 성향의 학생운동이 학원가를 지배하면서 우리나라 종북 운동의 두뇌이자 심장으로 자리매김하게 되었다.

각급 학교의 교단을 점거한 전교조는 자유민주주의와 자본주의 시장경제를 통하여 번영하는 대한민국 미래의 주인으로 전인교육의 대상이어야 할 학생들을, 동서양을 막론하고 이미 역사의 심판을 통하여 도태된 마르크스-레닌주의 이념의 산물인 프롤레타리아 인간으로 키우는 왜곡된 교육을 실시하는 역사적 아이러니가 전개되고 있는 것이다.

김진성 선생은 '전교조'의 실체를 천착하여 그 허구성을 드러내고 위험성을 경고하면서 이에 대한 대책을 제시하는 데 반평생을 헌신해 온 분이다. 그는 수많은 언론 기고문과 세미나 발제문을 통하여 전교조의 폐단을 다각적으로 분석, 판단하고 대안을 제시하는 한편, 전교조 문제에 관한 진단과 처방을 담은 책을 세 권이나 출간하였다.

그리고 이를 다시 정리하여 문재인 정권 등장 이후 기사회생을 모색하고 있는 전교조에 대한 경종을 울리는 내용을 한 권에 담아 《전교조 알아야 대한민국 지킨다》는 제목으로 책을 펴낸다. 여기서 그는 "전교조는 순수한 노조가 아니라 우리나라에서 가장 이념적으로 무장된 정치단체"라고 갈파하고 "교육자뿐만 아니라 정치인, 경제인, 법조인, 문화인 그리고 모든 학부모도 전교조를 제대로 알아야 한다"면서 "그렇게 해야만 우리 아이를 지키고 대한민국을 지킬 수 있다"고 역설하고 있다. 김 선생의 특별한 주문은 "언론의 역할이 무엇보다도 막중하다"는 것이다.

보다 많은 학부모들이 이 책을 읽음으로써 "자녀를 지키고 사회를 지키며 나라를 지키는 지혜"를 터득하는 귀중한 기회로 삼으시길 소망한다.

2017년 10월

내가 잘 아는 해병대 사령관을 지낸 분이 있는데 그분의 손녀가 "할아버지, 미국 놈은 나쁜 놈이지요?"라고 물어서 깜짝 놀라 누가 그런 말을 했느냐고 물었더니, 담임 선생님이 그렇게 말했다고 해서 또 놀랐다고 한다. 춘천에 있는 어느 여학교 여교장을 만났는데 그분이 말하기를, 전교조 선생으로부터 뺨을 맞았다고 한다. 이런 소리를 들으며 나는 지금이 막가는 세상이라고 생각했다.

많은 사람들은 자신의 주관이 뚜렷하지 않다. 이래도 좋고 저래도 좋다는 식이다. 자기 주관이 뚜렷한 사람은 소수다. 그중에도 바른 가치관으로 사는 사람은 더욱 소수다. 김진성 선생은 자기 의견이 확실하고 말해야 할 때 마땅히 나서서 할 말을 하는 분이다. 안중근 의사는 "위험한 일이라도 마땅히 해야 할 일은 해야 한다"고 말했다. 우리 사회에 그런 분이 별로 없는 것은 불행한 일이다.

김 선생은 자유민주주의를 지키자는 주장을 이 책에 담고 있다. 자유민주주의에 대한 애정의 표현이 곳곳에 엿보인다. 이 어려운 때에 이러한 책을 낸다는 것은 민주주의의 깃발을 높이 올리자는 것이라 할 것이다.

추천의 글 _ 김수한 전 국회의장

"우리의 주적이 어느 나라인가?" 하고 육사 입학생에게 물었더니 북한 33%, 미국 34%로 북한보다 많았다는 신문보도가 있었다. 우리는 6·25남침으로 패망 직전에 미국의 도움으로 적화를 막을 수 있었다. 들어 보지도 못한 낯선 땅에 와서 3만5천 명이 목숨을 잃었다. 그런데 미국이 우리 주적이라는 것이다. 이렇게 가르친 자가 과연 누구인가.

전쟁의 참화 속에서 산업화와 민주화를 동시에 이루어 세계의 부러움을 사고 있는 한국 현대사에 대해 침을 뱉고 있는 자들이 있다. 좌파 시각에서 배신과 저주의 역사로 만들고 독선을 부추기는 세력이 있다. 전교조와 이를 옹호하는 좌파 정권으로 미래에 이 나라를 이끌고 갈 학생들의 영혼이 좀먹고 있다.

이러한 때 구국의 일념으로 분연히 맞서 싸운 분이 김진성 교수다. 교육을 지키고 아이들을 지키고 나라를 지키고자 나선 것이다. 개인의 영달 추구를 떠나 모든 열정을 바쳐 일한 분으로 우리에게 큰 깨우침을 준 현대사의 산증인이다. 교육자로서, 행정가로서, 학자로서 우리 사회에 지대한 공적을 남겼다. 이 책이 자유민주주의 수호운동에 큰 자극제가 되리라 믿는다.

전교조가 더 이상 순수한 선생님이 아니라 정치집단이자 이익집
단이라는 점에 국민들의 놀람과 걱정이 사회적으로 표출되고, 더
이상 전교조에게 학생들을 맡겨서는 안 된다는 우려가 학부모들 사
이에서 공감대를 형성하기 시작했을 때, 그 중심에 김진성 선생님
이 계셨다. 그는 교육 관련 토론회, 공청회, 기자회견장에 빠짐없이
나타났다. 평생 교편을 잡고 명예롭게 은퇴하신 선생님은 한참 후
배인 현직 전교조 선생들을 다그치고 그들과 맞서 싸웠다.

우리의 무심함과 무능함으로 인해 10년이 훌쩍 지났음에도 김진
성 선생님에게 아무런 변화를 주지 못했나 보다. 여전히 전교조 문
제라면 언제든 목청을 높이는 그를 만날 수 있기 때문이다.

김진성 선생님의 전교조 투쟁사가 고스란히 녹아 있는 이 책은 마
냥 좋은 교육을 기다리는 우리에게 시사하는 바가 크다. 전교조를
꿰뚫어 보는 이 책을 통해 많은 관망자들이 슈퍼맨 김진성의 배턴
을 이어받을 것이다.

우리는 김진성 선생님이 닦은 그 투쟁의 길 덕분에 편안히 대한민
국 교육을 지켜볼 날을 앞당길 수 있을 것이다. 부디 건강하게 교육
강국 대한민국을 함께 지켜보실 수 있기를 기원한다.

일그러진 교육을 바로 세우기 위해

"전경련을 모르는 사람은 있어도 전교조를 모르는 사람은 없다." 오늘날 대한민국의 현실을 압축하여 표현한 말이다. 그동안 교육은 물론 정치, 경제, 외교, 안보, 문화, 사회 등 온갖 문제에 참견하면서 사학법 파동의 중심에 섰던 것이 전교조다.

국민들은 전교조에 대해 기대보다는 우려의 시선을 보내고 있다. 전교조를 교육개혁의 주체로 인식하던 사람들도 이제는 교육개혁의 대상이 되어야 한다는 목소리를 내고 있다. 이러한 상황에서도 전교조는 자성의 모습을 보여 주지 못하고 있다. 자만에 빠지고 오만을 부리며 권력화의 길을 가고 있다.

전교조의 행동반경은 학교의 벽을 넘고 말았다. 그들의 주장은 노동자의 경제적·사회적 지위 향상이라는 본래의 울타리를 훌쩍 뛰어넘고 말았다. 한총련, 전국연합, 통일연대, 민주노총, 민노당 등 제도권뿐만 아니라 재야세력과도 연대하여 정치, 경제, 문화, 사회 곳곳으로 영역을 확장해 나갔다. 권좌 최고부인 청와대까지 깊숙이 진출하고, 국회의원이 되고 장관이 되었다. 후세를 가르치는 교사가 아니라 투사나 혁명전사로 변신하고 있다. 현재 전교조는 이익집단화, 권력화, 이념화, 폭력화, 수구화의 길을 걷고 있다. 과거에는 전교조 운동의 중심에 학생들이 있었지만, 지금은 교사의 탐욕과 권익만 보인다.

필자만큼 전교조에 애증을 갖고 있는 사람도 없을 것이다. 한때 전교조를 아꼈고 그들의 역할에 기대를 걸었다. 왜냐하면 내 눈에는 교육개혁을 할 수 있는 역량을 갖추고 있는 주체는 그 당시 전교조밖에 없다고 생각되었기 때문이다. 교육개혁을 제대로 하지 못하는 이유는 개혁 의지가 있는 사람은 힘이 없고, 힘이 있는 사람은 개혁 의지가 없기 때문인데, 전교조는 의지와 힘을 모두 갖고 있다고 생각했다. 지금도 늦지 않았다. 그러나 불행하게도 그들은 지금 길을 잘못 가고 있다.

필자처럼 전교조와 많은 대화를 나눈 사람도 없을 것이다. 또한 필자처럼 전교조에 대해 쓴소리를 많이 한 사람도 없을 것이다.

전교조는 점차 이념화되고 권력화의 길로 빠져들고 있다. 분명 길을 잘못 가고 있는 것이다. 좌파 정권의 정치, 경제, 사회, 외교, 안보정책 중에 다수가 전교조의 아이디어에서 나오고 있다. 전교조의 실체를 정확히 알아야 한다. 전교조는 순수한 노조가 아니라 우리나라에서 가장 이념적으로 무장된 정치단체다. 전교조를 제대로 알아야 한다. 교육자뿐만 아니라 정치인, 경제인, 법조인, 문화인 그리고 모든 학부모도 전교조를 제대로 알아야 한다. 그래야 우리 아이를 지키고, 대한민국을 지킬 수 있다. 언론의 제 역할이 무엇보다 중요하다.

그간 필자는 전교조와 관련된 책 세 권을 썼다. 《전교조 증후군》상·하권과 《2012년 선거와 전교조 대책》이었다. 이번에 펴내는 이 책은 이들 세 권의 책을 합본하여 다시 정리한 것이다.

그럼 전교조만 없으면 교육이 제대로 굴러갈까. 그건 아니다. 전교조가 없을 때도 우리나라 교육은 문제가 많았다. 그 처방이 전교조가 아닐 뿐이다. 그래서 필자는 한평생 교직에 몸담으면서 전교조를 포함하여 병든 교육을 고치고 일그러진 교육을 바로 세우기 위해 나름대로 싸웠다. 그 기록을 《인동초는 외롭지 않았다》로 엮어 이 책과 함께 세상에 내놓는다. 독자의 진지한 비판을 받고 싶다.

이번에 펴내는 책은 많은 분들의 요구가 있었다. 특히 애국시민단체의 열렬한 지지 성원을 잊을 수 없다. 학교 현장의 교장, 교감, 교사와 교육행정가 그리고 이념교육 및 북한전문가의 조언과 자문을 얻어 원고를 수정하고 다듬었다. 도움을 주신 모든 분들에게 진심으로 감사드린다.

2017년 10월

김 진 성

전교조
알아야
대한민국
지킨다   차례

■ 추천의 글 _ 李東馥 15대 국회의원 · 남북고위급회담 대표   4

■ 추천의 글 _ 김동길 연세대 명예교수   6

■ 추천의 글 _ 김수한 전 국회의장   7

■ 추천의 글 _ 전희경 국회의원   8

■ 책머리에 일그러진 교육을 바로 세우기 위해   9

■ 전교조 어록 21   18

■ 책을 마무리하며   257

제1장 카멜레온 전교조

전교조 제도권 진입   21

전교조의 역사인식   22

참교육의 논리   27

통일교육의 방향   30

교육을 정치운동으로 착각   34

좌파 정권의 과외교사   36

제2장 전략가, 선봉대로 활약

전국 정당 전교조   38

전교조의 추진력 점검   40

점령군으로 군림하는 전교조   42

정권의 향배를 좌우한다   45

노동계의 촛불청구서   47

법외노조 전교조가 버티는 이유   50

전교조의 전략, 어디까지 왔나   54

제3장 좌파 정권의 싱크탱크

각종 정책, 정부 발표보다 먼저 주장   58

교육 차원을 넘어 선동대 역할   60

재야단체와도 연합전선 구축   62

좌파 정권과 코드 맞추기   66

친전교조 교육수장 등판   68

조례는 법 위에서 춤추고   74

완장 찬 혁신학교   75

학부모와 학생 반대로 무산된 혁신학교   79

제4장 친북 · 반미 깃발

"6 · 25, 누가 일으켰느냐가 문제 아니다"   83

북한 중심의 편향된 역사 기술   86

진보는 통일세력, 보수는 분단세력   87

반전 수업자료와 선군정치 포스터   89

선군정치 선전물, 의식화 자료로 활용   92

효순 · 미선 촛불시위와 광우병 촛불집회   96

김정일 우상화 교육   100

빨치산 간첩 추모제 참가   103

제5장 영혼을 좀먹는 공동수업

국가를 부정하는 세뇌교육   104

증오를 가르치는 가치관 교육   106

대한민국을 폄하하는 교육   108

'공동수업'이라는 이름의 계기교육   110

국가보안법 수업지도안   115

통일학교와 통일체험학습   117

+

+ +

+ + +

+ + + +

제6장 법 위에 올라선 전교조

헌법 위반   120

교육기본법 위반   122

초 · 중등교육법 위반   123

교원노조법 위반   124

국가공무원법 위반   125

통일교육지원법 위반   127

국가보안법 위반   128

공직선거법 위반   129

무법천지에서 살고 있는 전교조   131

법원 판결, "학생에게 위자료 주라"   134

제7장 하이에나 떼 몰려온다

민노총 가입으로 변칙 활동   136

제도권 전교조, 운동권 논리 원용   140

학생을 투쟁 동반자로 인식   141

수단과 방법을 가리지 않는 유언비어   146

사립학교 장악을 위한 투쟁   148

"전교조는 피하는 게 상책이다"   150

보성초교 교장 왜 자살했나   158

교장 말 씨알도 안 먹힌다   161

인터넷은 전교조 교사들의 대자보   162

과연 전교조를 다룰 수 있을까   164

전교조, 선배 충고 받아들여라   167

제8장 **전교조에 빼앗긴 학창시절**

이런 선생님, 왜 안 짤리는 거죠?   171
제가 만나본 선동하는 전교조 교사   177
저는 고등학생입니다   185
전교조 교사들의 시위   187
전교조 선생님의 전교조 비판   190
가슴 아파하는 전교조 선생님의 고백   191
전교조 스트레스 받아 떠납니다   194
왜 나는 전교조를 떠나야만 했는가   196

제9장 **학부모가 교육감을 걱정하는 세상**

전교조 점령으로 학교가 아수라장 된다   199
아이들에게 세상을 부정적으로 보게 한다   201
건전한 국가관 형성을 방해한다   203
학교가 좌파 이념의 교육장이 되고 있다   204
대중인기 영합 생활태도를 배우게 된다   206
탈법, 편법, 변칙을 배우게 된다   208
사교육비로 학부모 허리 휜다   210
사학의 자율성 보장이 어렵게 된다   212
전교조의 반국가적 계기교육을 방치할 수 없다   213
교원평가, 학교 정보 공개가 안 된다   215

제10장 전교조 정책의 문제점

전교조에 바치는 교육감의 항복 문서   219

교장의 리더십, 설 자리 잃어   221

단협안 '독소조항' 부활   227

엄포만 놓는 전교조 대책   230

전교조는 뜨거운 감자   232

정치권의 총체적 직무유기   233

말만 많고 행동이 없는 전교조 대책   236

탈법적인 단체협약 관행 일상화   239

제11장 종합처방, 키워드 열 가지

'단체협의' 창구 단일화   244

단체협의 사항의 적법화   245

간부급 부장교사 가입 불허   247

전교조, 민노총 가입은 안 된다   247

교원자격증제도 개선   249

교원평가제 도입   250

학교 교육 정보 공개   251

학교 선택권 보장   251

학교운영위원회 개선   252

'우수교원확보법' 제정   252

전교조 어록 21

- 한국 지식인의 최대 무지는 "전교조여, 초심으로 돌아가라"는 말이다.
- 학교 현장은 교사의 냉소주의, 부장교사의 기회주의, 교감의 적당주의, 교장의 무사안일주의로 차 있다.
- 전교조는 민중교육을 참교육이라는 이름으로 학교에 위장취업을 시켰다.
- 전교조는 "교사의 역할은 학생으로 하여금 정치적으로 억압받고, 경제적으로 착취당하고, 사회적으로 소외되어 있다는 사실을 깨닫도록 깨우쳐 주는 것이다"라고 한다.
- 전교조는 세 가지 착각을 하고 있다. 첫째, 학교에선 입시교육을 해서는 안 된다는 착각, 둘째, 학생 간에 경쟁을 시키면 안 된다는 착각, 셋째, 아이들을 규제해서는 안 된다는 착각이 그것이다.
- 전교조 안경을 끼고 보면 애국조회는 식민지 문화의 잔재이고, 안보교육은 반통일교육이고, 충효교육은 정권 유지 교육이며, 국·검정 교과서는 기득권 세력의 체제유지 수단이다.
- 참교육을 위해 노조를 만든다는 것은 좋은 자동차를 생산하기 위해 노조를 만든다는 이야기다.
- 전교조가 월급 올려달라는 것을 비난하는 것도 난센스이고, 참교육을 하기 위해 노조를 만들었다고 박수를 보내는 것도 난센스다.
- 전교조는 진성 당원만으로 구성된 한국에서 가장 오래된 전국 정당이다.
- 전교조는 머리, 가슴, 배, 팔다리가 멀쩡한 역사 깊은 이념 정당이다.

- 교육개혁이 안 되는 이유는 개혁 의지가 있는 자는 힘이 없고 힘이 있는 자는 의지가 없기 때문인데 전교조는 개혁 의지도 힘도 다 갖추고 있다. 문제는 콘텐츠다.
- 감상적 민족주의와 환상적 통일교육이 아이들을 망치고 있다.
- 좌파 교육감과 전교조와의 단체협약은 전교조에게 바치는 교육감의 항복 문서다.
- 지금 한국 사회가 전교조 앞에서 떨고 있다. 전교조 증후군 증세다.
- 평준화는 사이비 종교다. 가장 열렬한 맹신도가 전교조다.
- "조직과 투쟁은 분리되는 것이 아니라 한 과정의 다른 부분이다. 행사에 참여는 동지애를 고취시킨다."
- "투쟁 없는 조직은 실천 없는 집합에 불과하다. 의식은 투쟁 속에서 고양된다는 것을 명심하라."
- 전교조의 편의주의 광장에는 '못한다', '없애자'의 구호가 가득하다.
- "문제를 해결하는 것만이 목적이어서는 올바른 투쟁일 수 없다. 타협은 전술적인 것이지 원칙적인 것이 아니다."
- "합법성이 보장되지 않는다면 합법성을 부인하는 체제에 대한 투쟁은 필연적인 것이며 정당한 것이다."
- 학원 분규의 대종은 기획 분규다. 분규는 생기는 것이 아니라 만들어지는 것이다.

제1장
카멜레온 전교조

전교조는 여러 가지 모습으로 우리 앞에 나타난다. 스승, 교직자, 목자, 노동자, 일꾼, 봉사자, 심부름꾼, 활동가 때로는 혁명가의 모습으로 비쳐지기도 한다. 순한 얼굴, 착한 얼굴, 거룩한 스승의 얼굴은 어디 가고 화난 얼굴, 표독한 얼굴에 갈피를 잡을 수 없다.

전교조가 무엇이기에 전교조 없이는 못 살겠다고 하는 학부모 단체가 있었다. 그런데 요즘은 전교조 때문에 못 살겠다는 학부모 단체가 많다. 좌파 국회의원과 지방의회 의원은 아스팔트에서 나오고 우파 국회의원과 지방의회 의원은 양옥집 대문에서 나오고 있다. 전교조 출신은 교문에서 나오는 것이 아니라 학교 밖 거리 출신이다. 우파 아스팔트 출신은 걸인이 다 되었다. 이것이 2017년을 보내며 내가 바라본 대한민국의 모습이다.

🔳 전교조 제도권 진입

　1989년 불법단체로 출범한 전교조는 10년에 걸친 투쟁 끝에 1999년 합법화되었다. 국민의 정부 시절, IMF 국난을 맞아 구조조정을 위한 노사정 합의 도출과정에서 노측 대표인 민주노총이 제시한 조건, 즉 '교원노조의 합법화'를 정부가 받아들여 국회환경노동위원회를 거쳐 국회 본회의에서 '교원의 노동조합 설립 및 운영 등에 관한 법률'(이하 교원노조법)이 통과되었다. 이에 따라 전교조는 결성 10년 만에 비로소 합법화된 노동조합으로 출범하게 되었고, 아울러 민주노총 산하조직으로 존재하면서 민주노동당이라는 정치권력과 사상적 동지로서 이념과 행동을 함께 하게 되었다.

　교원노조법 제정 당시 가장 주도적으로 법안을 검토해야 했던 국회교육위원회는 정작 법안 심의에 참여조차 하지 못했다. 소관 상임위원회인 환경노동위원회에서 심의한 법안이 법사위원회에 회부되었으나 여기서 심의가 생략된 채 의장 직권으로 본회의에 상정되어 야당인 한나라당의 불참 속에 전격적으로 교원노조법이 변칙 통과된 것이다.

　학생과 학부모의 교육권에 심대한 영향을 미칠 수밖에 없는 중대한 사안임에도, 교육계의 목소리가 반영되기는커녕 국회법에 명시된 최소한의 법안 심의 절차마저 건너뛰어 정치논리에 따라 제정되었다는 점에서, 교원노조법은 태생과정에서부터 이미 학생의 학습권을 침해하고 학교 현장에 갈등을 야기할 소지를 내포하고 있었던 것이다.

1999년 1월 7일 교원노조법안이 국회를 통과하자 7대 전교조위원장은 기자회견을 통해 "10년 만의 전교조 합법화를 계기로 교육개혁과 사회개혁의 주체로 신뢰받는 교원노조가 되겠다. 어떤 경우에라도 우리는 교육적 입장에서 우리의 권익보다는 아이들을 먼저 생각하겠다. 아이들의 배울 권리를 침해하는 어떠한 행동도 단호히 거부하겠다"고 누누이 강조했다. 동시에 "관심과 애정으로 아낌없는 충고를 부탁드리며, 교사와 학생, 학부모가 언제나 거리낌 없이 함께 하는 관계가 유지되도록 협조해 주시기 바란다"고 호소했다.

▩ 전교조의 역사인식

전교조의 역사관은 민중사관에 입각하고 있다. 한국 사회구조의 모순은 본질적으로 분단 상황에서 기인하고, 이것은 미국을 비롯한 외세의 지배 상황과 밀접하게 연결되어 있다는 것이다. 분단은 자원·시설, 시장의 분할로 인해 식민지하에서 파생적으로 성장해 온 산업구조를 더욱 심각하게 왜곡시켰고, 대외의존도가 높은 경제체제를 고착시켜 왔다는 것이 그들의 입장이다. 따라서 통일은 우리가 지향해야 할 최대의 민족적 과제라는 것이다.

근대화 과정에서 추진되어 온 외채 의존적 경제로 인해 한국 경제는 해외 독점자본과 이와 결탁한 국내의 매판적 독점자본의 논리가 철저히 관철되고, 이들의 이윤 보장을 위해 민중의 생존권 투쟁은 탄압받고 있다는 것이다.

또한 분단 조건은 미국의 군대 주둔, 핵기지 설치, 군작전지휘권 장악 등을 가능케 하여 제국주의적 수탈뿐만 아니라 민족의 통일을 방해한다고 보고 있다. 따라서 분단의 극복은 분단의 모순으로 인한 가장 큰 희생자이면서 그로 인해 고통을 받는 민중이 주체가 되어 민족통일을 이룩하는 데 있다는 것이다.

전교조 소속 역사 교사들이 주도적으로 만든 살아 있는 역사교육을 위한 전국역사교사모임의 《살아 있는 한국사 교과서 1·2》는 학생들에게 잘못된 역사인식과 편협한 역사관을 심어 줄 우려가 다분히 있다. 우선 책 제목에 '교과서'라고 못박고 있지만, 교과용 도서로 사용되기 위해서는 '초·중등교육법의 교과용 도서에 관한 규정'에 의해 관계기관으로부터 검인정을 받아야 하는데 그런 절차를 거치지 않았다. 때문에 정식 교과서가 아니다. 그럼에도 시중 서점에서는 한국사 교과서라는 이름으로 불티나게 팔렸다.

국사편찬위원회가 이 책에 대하여 검토 보고서를 낸 것을 보면, 《살아 있는 한국사 교과서》는 우선 가장 기본적인 사실에 대한 오류가 많고, 두 번째로 편중된 역사관에 입각해 제반 역사적 사실들을 기술하고 있다는 것 등을 문제점으로 들고 있다. 마지막으로 지적된 문제점은 교과서로서의 자질 문제다. 교과서는 역사적 지식을 제공하는 것뿐만 아니라 학생들이 올바른 언어를 사용하도록 지도해야 하는데, 적절하지 않은 비교육적 표현이 너무 많다는 것이다. 검토 보고서 본론 부분에는 130개에 달하는 지적 사항이 상세하게 비교·분석되어 있다.

한국 근현대사에 대한 부정적인 시각 또한 팽배하다. 1960년대 정부 당국의 경제개발정책에 의해 초래된 사회·경제상의 변화가 엄청난 것임에도 불구하고 그 과정에서 발생된 문제점, 특히 한국 경제의 대외의존성 및 권력과 부의 독점화 현상만을 집중적으로 부각하여 비판하고 있다. 1960년대 공업화 정책으로 한국 경제의 대외 예속이 가속화되었으며, 민중의 수탈이 구조화되는 등 사회적·경제적 불평등만 커졌다고 비판하고 있으나 이는 과장된 것이라는 게 국사편찬위원회의 지적이다.

결론적으로 국사편찬위원회는 이 책을 현장 교사들이 이용하고 학생들에게 권하는 것은 문제가 있으며, 학생들에게 이 책을 읽도록 강요해서는 안 된다고 경고하고 있다.

해방 후 우리 역사를 '정의가 패배한 역사'로 보는 사람들이 있다. 주한미군 철수를 주장하고 미국의 군작전통제권 행사를 주권침해로 침소봉대하는 사람들이 바로 그런 사람들이다. 전교조도 그런 종류의 집단이다. 그렇게 주장하는 이들은 필리핀의 과거와 현재를 생각해 보기 바란다.

필리핀은 풍부한 천연자원과 많은 국민이 영어까지 하여 못살 이유가 없는 나라다. 실제로 필리핀은 1969년까지 경제력 측면에서 한국을 앞서다가 그 후 뒤떨어지기 시작해 지금은 가정부 최대 수출국에다가 동남아시아 빈국 중의 한 나라로 전락했다. 한국의 1인당 국민소득이 60달러였던 1955년, 필리핀의 국민소득은 그 3배인 190달러였다. 그러나 2004년 두 나라의 1인당 국내총생산은 각각 1,036달러와 1만 4,193달러가 되어 14배의 차이로 크게 역전되었다.

유럽의 한반도 전문가인 포스터 카터(영국 리즈대학교 교수)는 "한국의 진보주의자들은 과거에 얽매이고 세계사의 흐름에 뒤떨어져 때늦은 좌경화에 빠져 있다. 한국은 제3세계 국가의 입장에서 본다면 엄청난 성공 사례다. 그런데 한국의 진보주의자들은 자신들의 긍정적 측면을 잘 보지 않는다. 매사를 대립적으로만 몰고 간다. 과거 역사가 이룩한 성과를 받아들일 수 있어야 한다"고 비판했다. "한국은 미래를 위해 해야 할 일이 태산이다. 그런데 60년 전의 친일 문제를 다시 끄집어내고 있다. 이는 진보세력이 기성세력을 공격하려는 정치적 의도를 내포한 것으로 보인다"라고도 했다.

그는 진보주의자들이 외교적으로 이중 잣대를 갖고 있다고 말한다. "미국과 일본에 대해서는 지나치게 가혹한 반면 중국과 북한에 대해서는 이상하리만치 관대하다. 중국과 북한에서 저질러지고 있는 인권 탄압에는 눈을 감는다. 한국에는 불교 신자가 많은데 달라이라마에 대한 중국의 탄압에도 무관심하다. 한국에서는 여중생 두 명이 미군 장갑차에 치어 숨진 것이 큰 문제가 됐다. 이해할 수 있지만 북한에서 수많은 어린이들이 죽어 가는 건 왜 문제삼지 않는가?"라고 비판한다.

전교조가 바라보는 오늘의 우리 사회는 어떤 사회인가? 지배계층이 피지배계층을 정치적으로 억압하고, 경제적으로 착취하는 사회이며, 민중들이 역사에서 소외당하고 있는 사회이다. 지금까지의 교육은 지배계층의 기득권 유지 수단이었기 때문에 이를 바로잡기 위해 민족·민주·인간화를 모토로 하는 '참교육'을 실현해야 한다는 것이 전교조의 주장이다.

민중교육에서 교사의 역할은 분명하다. 기층 민중인 피교육자로 하여금 자신이 정치적으로 억압받고, 경제적으로 착취당하며, 사회적으로 소외당하고 있음을 깨닫도록 해 주자는 것이다. 전교조 교사들의 무기는 '진리와 양심'이라는 잣대이며, 그들에게 있어서 '진리와 양심'은 법과 제도에 우선한다. 요즘 아이들의 준법정신이 희박해진 것이 전교조의 이런 인식과 전혀 무관하지 않다고 본다.

📰 참교육의 논리

전교조가 추구하는 교육이념은 '참교육'이고 참교육은 바로 민족 · 민주 · 인간화 교육이다.

여기서 민족 · 민주 · 인간화 교육의 공통분모를 찾아보면 '민중'이라는 사실을 발견하게 된다. 다시 말해 참교육의 실체는 민중교육이고, 민중 개념이 민족 · 민주 · 인간화 교육의 핵심 고리이다. 민중이 중심이 되는 민족교육, 민중이 주인이 되는 민주교육, 그리고 민중의 삶의 사회구조적 해방을 일컫는 인간화 교육이라고 규정지을 수 있다.

전교조는 민족교육의 사례로 우리나라 사랑하기, 민족적 자부심과 주체성 찾기, 조국과 평화적 통일을 위한 노력, 우리 역사 바로 알기 등을 예시하고 있다. 또한 민주교육으로 민주적 생활태도와 실천, 자율적으로 생각하기 등을 들고 있으며, 인간화 교육으로 사랑, 믿음, 나눔의 생활, 인간을 존중하는 삶, 더불어 사는 삶 등을 예시하고 있다.

생각건대, 전교조가 내세우는 교육적 덕목은 이제까지의 우리나라 교육이 지향하는 바와 전혀 다르지 않다. 현 교육과정을 보면 "전인적 성장의 기반 위에 개성을 추구하는 사람, 기초능력을 토대로 창의적인 능력을 발휘하는 사람, 폭넓은 교양을 바탕으로 진로를 개척하는 사람, 우리 문화에 대한 이해의 토대 위에 새로운 가치를 창조하는 사람, 민주시민의식을 기초로 공동체의 발전에 공헌하는 사람" 등과 같이 전교조가 주장하는 것을 모두 포함하고 있으며 훨씬 구체적이다.

따라서 전교조가 주장하는 목표들은 지금과 같은 교육 여건 아래에서도 의지만 있다면 얼마든지 성취할 수 있는 것이다. 그럼에도 굳이 이러한 덕목을 내세워 노동조합을 결성하겠다는 논리는 설득력이 없다. 전교조는 파면까지 각오하면서 참교육을 위해 노동조합을 조직해야만 했던 이유를 설득력 있게 제시해야 한다. 전교조의 참뜻을 그들의 화려한 설명에서 찾을 것이 아니라, 그들의 교육행위나 교육 내용 그리고 집단행동 행태를 통해 찾을 수밖에 없다.

민중교육은 가진 자와 못 가진 자, 지배자와 피지배자, 사용자와 노동자 등 사회를 양극화된 계급 모델을 중심으로 설명된다. 이 같은 관점에서 전교조는 기존의 교육이 지배집단의 권력 유지를 위하여 통제되고 있기 때문에 반민주적이고 반민족적이며 봉건적·관료적 성격을 지니고 있다고 비판한다. 따라서 교사는 민족적이고 민주적이며 인간화된 사회가 이룩될 수 있도록 장래의 민중을 어렸을 때부터 의식화해야 하는 책임을 가진다고 주장한다.

때문에 전교조는 교육에서 중요한 것이 사회적 사실을 수용하는 능력이 아니라 사회현상을 비판하는 능력이라고 보고 있다. 교육은 정치 지향적이고 변혁 지향적이기 때문에 정치교육이 교육의 모든 영역에서 중요성을 갖게 된다고 보는 것이다.

전교조 교사 중심의 각종 교과모임은, 현행 교과서의 민족주의는 보수적 민족주의이며 민중이 중심이 되고 민중이 소속의식을 가지는 민족교육이 아니라고 주장한다. 민주교육도 민중이 중심이 되지 못하므로 민중이 주체가 되는 내용으로 바뀌어야 한다는 것이다. 또한 교과 내용이 지배 이데올로기에 의해 지배층 중심의 내용으로 구성되어 있고 민중의 삶과 앎을 소외시킨 교육 내용으로 일관하고 있다고 비판하고 있다.

또한 현행 교과서는 "민족보다 자유민주주의의 우위를 고집하고 북한 정권을 지나치게 비판하고 있다. 또 통일과 상치되는 안보교육을 강조하고 있어 통일에 장애 요인이 되고 있다"고 지적하고 있다.

민중교육의 철학적 기초 위에 '전교조'라는 색안경을 끼고 보면 오늘의 교육 현실이 부정적으로 보이게 마련이다. "애국조회는 식민지 문화의 잔재이며, 극기훈련은 군사문화이고, 안보교육은 반통일교육이며, 충효교육은 정권안보교육이고, 국·검정 교과서는 지배계층의 체제순응교육을 위한 도구"가 되는 것이다.

전교조의 시각에서 보면 한 개인의 불우한 삶의 원인은 그 자신의 무능이나 실수에서 비롯되기보다는 사회구조의 모순에서 비롯된 것이 된다. 학생들의 자살은 과도한 입시 위주 교육이 원인이기 때문에 제도적 타살이며, 학생들의 비행이나 성적 부진도 제도

탓이요 사회의 잘못이라는 식으로 설명한다. 매사를 남의 탓 또는 사회제도의 모순으로 돌린다. 이런 교육을 받고 자라는 아이들이 스스로 노력해서 문제를 해결하려는 의지보다는 사회에 대한 증오심과 반항심을 갖게 되는 것은 당연한 이치다.

통일교육의 방향

전교조의 소위 참교육은 민족 · 민주 · 인간화의 유기적 이론의 틀을 배경으로 하면서 각 교과가 지향하고 있는 교육목표는 '통일을 지향하는 교육'으로 집약된다.

① 모든 교과가 지향해야 하는 목표는 통일에의 지향이다.
② 통일을 위해서는 민족이 자유민주주의 이데올로기보다 우위에 있다는 자세를 가질 필요가 있다.
③ 통일교육의 구체적인 방향은 민족 · 민주 · 민중 교육이념에 입각할 때 가능하다.
④ 통일교육의 기초인 민족 · 민주 · 민중의 중심 개념은 민중이 중심이 되는 민족이다.

통일지향교육은 모든 교과에서 민중논리에 의하여 엮어져 있고, 그러한 민중에의 강조는 계급 모순, 자본주의 모순, 분단 고착화 시도, 지배 이데올로기, 외세 지배 등과 관련된 교과 내용 비판과 연관되어 전개되고 있다. 민중교육 논리로서 모든 교과에서 강조되고 있는 가장 핵심적인 주장이다.

전교조는 다양한 수업 기법을 개발하고 이론과 식견을 넓히자는 명분을 들어 각종 연수 자료집을 발간하고 있으며, 특히 통일교육 자료는 대부분 전교조 자체의 통일위원회에서 제작한다. 통일위원회가 제작한 자료 내용을 보면 단순한 반미·친북 성향을 넘어 연방제 통일, 선군정치 옹호 등의 내용들이 포함되어 있다. 주요 연수 대상은 통일교과에 해당되는 국어, 도덕, 사회, 역사 조합원 교사들이며, 통일위원회 또는 참교육실천위원회 주관 행사 때 주제 발표 및 토론 자료로 적극 활용되고 있다.

〈Daily NK〉가 2006년 8월 12일 오전부터 오두산 통일전망대를 방문한 어린이 민족통일대행진을 통해 취재한 전교조의 충격적 반미교육현장을 보자.

대회에 참가한 초등학생은 '어린이 통일선봉대(통선대)'로 지칭되며, 4일간의 일정 동안 '주한미군 철수'와 '민족통일'에 대한 현장교육을 받았다. 대행진에 참가한 어린이들은 대부분 전교조, 시민단체 활동을 해 온 부모들의 권유로 참가했다.

정 모(부산 I초 6학년) 어린이는 "선생님들의 이야기를 통해 통일의 필요성과 미국이 나쁘다는 것을 배우게 됐다"고 말했다. 성 모 (서울 C초 6학년) 어린이는 "평택 미군기지 방문 때 우리 땅을 미군들 마음대로 사용하는 것이 서럽고 억울해서 눈물을 쏟았다"고 밝혀 충격을 던져 줬다. 이 어린이는 "9명의 미군이 16만 평의 땅을 차지하고 우리 농민들의 땅을 뺏고 있다"는 근거 없는 반미 주장을 취재기자에게 되풀이 설명했다고 한다. 또 이 어린이는 "우리나라가 왜 분단되었는지는 알고 있느냐?"는 기자의 질문에 "그건 아직 잘 모르겠다"며 말꼬리를 흐렸다고 한다.

김 모(부산 O초 5학년) 어린이는 이번 행사 중 가장 인상 깊었던 장면을 '인천 공원에서 열린 주한미군 철수 집회'로 꼽았다. 이 어린이는 "미군 기지를 한국인이 지키고 있는 모습이 서러웠다"고 말했다. 한 어린이는 통일전망대에서 기자의 손을 이끌고 북한 교과서가 전시되어 있는 쪽으로 가서 '미군을 쏴 죽이자'는 노래를 가리키며 "나의 마음도 이와 같다"고 말했다.

전시관 한편에서는 '미국놈 때려잡기 놀이' 영상이 상영되고 있었다. 아이들은 통일전망대 견학을 마치고 통일 염원 방에 들러 "하루 빨리 통일되어 주한미군 몰아내자!" "USA 사절, 통일은 우리 민족끼리, 자주통일 앞당기자!"라는 구호를 남겼다고 한다. 친북 성향의 자칭 '진보세력'이 자녀들에게까지 잘못된 이념과 왜곡된 현실을 그대로 전달하고 있는 현장이었다.

민족교육에서 민족은 민중이 주체가 되는 민족 개념이며, 민족

교육의 구체적 내용은 민중이 주체가 되는 통일교육을 의미한다. 민중이 주체가 된다는 뜻은 결국 민족의 자주성을 강조하고 동시에 반외세·반미 교육으로 나아가자는 논리다.

전교조는 기회 있을 때마다 "극우 민족주의 이데올로기, 반공분단 이데올로기, 지배 이데올로기에서 벗어나 민족·자주·민중 주체의 세계관에 걸맞은 교육을 실시해야 한다"고 주장한다. 또한 현행 교과서가 "민족보다 자유민주주의의 우위를 고집하고 북한 정권을 지나치게 비판하고 있다. 또 통일과 상치되는 안보교육을 강조하고 있어 통일에 장애 요인이 되고 있다"고 비판한다.

통일은 우리 민족의 지상과제이고 이를 성취하기 위한 노력은 지극히 당연하며 또 우리 교육이 마땅히 지향해 나갈 방향임에는 틀림없으나 이들의 주장은 전혀 논리가 맞지 않아 억지에 불과하다.

진보주의 학자 최장집 교수는 "통일 지상주의의 신화나 꿈으로부터 빨리 깨어나야 한국의 민주화는 제대로 진전될 수 있다"는 주장을 폈다. 통일에 궁극적인 가치를 두는 민족주의적 역사관은 냉전 반공주의에 바탕을 둔 분단국가 건설, 권위주의 국가에 의한 산업화와 그로 인한 사회경제적 조건의 변화, 민중의 출현에 의한 민주화 성취, 그리고 남북한 간의 사회구조와 발전 정도의 극심한 비대칭적 차이 등이 가져온 문제들을 함께 이해할 수 없으며 그로부터 발생하는 위기와 갈등을 해결할 수도 없다"는 것이다.

최장집 교수에 따르면, "한국 현대사에서 전혀 예상하지 못했던 새로운 상황은 남북한 사이의 경제발전 수준, 사회 역량, 정치 안정성 등 거의 모든 면에서 극복하기 어려운 커다란 격차를 만들었다. 이렇듯 남북 간에 뚜렷한 격차가 존재하는 상황에서 조급히 시도되는 통일은 폭력적 사태나 극심한 고통을 초래할 수 있다"고 경고한다.

통일의 추구가 평화를 깨뜨릴 수도 있고 평화를 위한 노력이 통일을 지연시킬 수도 있다. 통일이 반드시 민주화를 가져온다는 보장이 없으며, 민주화가 통일을 수반하는 것도 아니다. 분명한 것은 평화는 통일보다 더 중요한 가치라는 사실이다. 대부분의 국민은 자유와 민주가 통일보다 우선하는 가치이며 절대로 희생할 수 없다는 입장을 갖고 있다. 이제 우리는 통일 지상주의 망상에서 깨어나야 한다.

▓ 교육을 정치운동으로 착각

전교조는 교육의 본질에서 벗어나 갓길 운행을 하는 경우가 많다. 교육을 운동으로 착각하고 있는 것이다. 참교육 실천 강령은 교육운동 선언문으로서의 역할은 하지만 참교육 학습지도안은 못된다. 거창하기 이를 데 없는 참교육실천대회는 조직의 세를 과시하고 조직을 확대하는 수단으로서의 의미는 강하지만, 학생들의 마음속에 감동을 주는 수업과는 거리가 멀게 느껴진다. 지금 전교조 교사들이 열심히 하고 있는 것은 교육이 아니라 운동이다.

교육은 유효 기한이 없지만 운동은 유효 기간이 있게 마련이다. 지난날 국민재건운동, 새마을운동, 신한국운동 등이 있었지만 일정 기간이 지난 지금 그러한 운동은 역사적 유물이 되었다. 그러나 지금도 근검절약 교육은 지속되고 있다. 이처럼 교육은 영원하지만 운동은 유한한 것이다. 또한 교육은 남을 의식하지 않지만 운동은 남을 의식하여 인정을 받으려고 한다. 교육은 교실에서 조용히 이루어지지만 운동은 학교 밖에서 화려하게 진행된다. 그래서 시끄럽다. 교육은 주고받는 쌍방적인 것이지만 운동은 홍보나 선전처럼 일방적인 것이다. 그간 전교조 교사들이 힘을 쏟아 온 것은 교육실천보다는 교육운동이었다.

노동조합이라고는 하지만 전교조 교사들도 한 사람의 교사인데 그들이 쓰는 용어는 일반 교육자들이 듣기에 매우 생소하고 교육적인 느낌 또한 거의 없다. 조직, 양성, 구조, 과제, 투쟁, 활동, 연대, 강화, 단결, 원칙, 대안 세력, 위상 제고 등 전교조의 각종 문서에서 빈번하게 볼 수 있는 이들 용어는 학교 현장과 교직사회에 익숙한 용어는 결코 아니다.

언어에는 의식이 담겨 있고 문화가 녹아 있다. 가르치는 일에 정진하는 보통 교사들의 언어와는 동떨어진 '그들만의 언어'는 오늘날 전교조가 맞고 있는 위기의 본질을 극명하게 드러내 준다. 공교육에 대한 불신이 극에 달하고 교육 엑소더스 행렬이 줄을 잇는 지금, 전교조는 언제까지 자신들의 공허한 주장을 되풀이할 것인가?

좌파 정권의 과외교사

전교조는 현 정부의 과외교사라고 할 수 있다. 전교조가 줄기차게 주장해 온 것들이 김대중 정권과 노무현 정권에 이르러 열매를 맺게 됐다. 전교조의 목표는 사회개혁, 즉 '세상 바꾸기'인데 이에 가장 호응해 준 정권이 노무현 정부이고 열린우리당이다. 지금은 새로 들어선 더불어민주당이라 하겠지만 같은 몸통이라 할 수 있다. 엄격히 말하면 전교조의 실체는 이들보다 더 좌측에 자리잡고 있다 할 것이다.

전교조의 주장을 보면, 그 내용이 옳고 그름을 떠나 노동조합의 자격으로 할 성질의 것이 아니다. 교육개혁뿐 아니라 현재 국가적 이슈로 떠오른 주한미군 철수, 한미연합사 해체, 전시작전통제권 환수, 4·3사태 재조명, 친일 청산, 민족 자주, 국가보안법 폐지 등은 모두 과거부터 전교조가 주장해 온 것들이다. 전교조가 감기에 걸리면 정부가 재채기를 한다. 전교조가 주장한 것은 우여곡절 끝에 이루어진 것이 많았다.

사학법은 신문법, 과거사청산법, 국가보안법과 함께 열린우리당이 사활을 걸고 추진해 온 4대 개혁 입법 중의 하나다. 사학법 개정은 사학의 육성과 경쟁력 제고에 초점이 맞추어져 있는 것이 아니라, 사학에 전교조라는 외부세력을 끌어들이겠다는 정치적 의도가 숨어 있다. 그동안 전교조는 사학의 경영에 참여하기 위해 사학 비리를 내세워 줄기차게 정치권을 압박해 왔는데, 마침내 이를 실현시킨 것이다.

열린우리당은 사학법 개정을 계기로 전교조와 전교조를 지지하는 재야세력과 정치적 동반자 관계를 재확인하고 지지세력의 결속을 강화하는 계기를 마련했다. 좌파 정권과 전교조는 같은 색깔, 같은 코드를 지닌 정치적 동지다. 청소년 유권자 덕에 집권한 정부 여당으로서는 청소년 유권자에게 가장 영향력 있는 전교조에 매력을 느낄 수밖에 없었고 그 유혹을 물리치기 어려웠을 것이다. 전교조 또한 자신들의 목적 달성을 위해 이 기회를 결코 놓칠 수 없었을 것이다.

제2장

전략가, 선봉대로 활약

🔹 전국 정당 전교조

전교조는 순수한 노동조합으로 보기 어렵다. 노동조합이라기보다는 오히려 강력한 정치집단으로 성장해 왔다. 전교조의 조직을 보면 형식은 노동조합이나 실제 행태는 정당과 다름이 없다. 다른 어떤 정당보다 더 조직적이고 일사불란하게 움직이는 정치집단인 것이다.

전교조는 머리, 가슴, 배, 팔, 다리 모두를 갖추고 있다. 중앙과 지부에는 이론가이면서 실천가로 구성된 전임자 150여 명이 전략·전술을 짜고 있고, 지회마다 해직과 징계를 두려워하지 않고 싸워 온 뜨거운 가슴을 지닌 투사들이 넘쳐난다. 매년 250억 원에 이르는 예산을 쓰고 있으니 배 또한 부르다. 게다가 전국에서 팔다리 노릇을 하고 있는 순발력 있는 8만 명의 조합원을 거느리고 있다.

전교조는 기존 정당과는 달리 지역 조직이 아니다. 영남당도 호남당도 충청당도 아닌 명실상부한 전국 정당이다. 도시, 농촌, 어촌 어디에 가도 뜻을 같이하는 동지들이 있다. 뿐만 아니라 조합원 전체가 모두 회비를 내는 '진성 당원'이다. 그들은 학교 교육의 테두리를 넘어 정치, 경제, 사회, 문화, 안보, 외교, 그밖에 정부 인사문제에까지 관여하고 있다.

이제 전교조가 마음만 먹으면 한국 정치판 자체를 바꿀 수 있을 만큼 힘을 키웠다. 조합원을 위한 이익단체나 참교육을 위한 단체라기보다는 사회 변혁을 위한 정치단체의 모습을 드러내고 있는 것이다.

조합원들은 전국 방방곡곡에서 어린 청소년들을 교육하고 있다. 이 점이 전교조의 최대 강점이다. 대한민국에 이러한 정당이나 단체는 전교조 외에 존재하지 않는다. 전교조가 교육문제뿐만 아니라 주요 정치 사안에 대해 강력한 발언권을 행사할 수 있는 배경은 바로 이것이다.

전교조의 추진력 점검

전교조의 전략에 후퇴는 없다. 전교조의 중·장기적 전략은 지금도 착착 진행되고 있다. 제1단계 기반 구축은 이미 끝났다. 이제 제2단계로 학교를 완전히 장악하는 일만 남았다. 그러면 전교조가 지난 29년간 학교 장악을 위해 어떤 일을 해 왔으며 현재 어떤 일을 전개하고 있는지 요약·정리해 본다.

① 해직교사 완전 복직, 교원노조 합법화
② 교원 정년 단축을 통해 교장 등 걸림돌 제거
③ 학교운영위원회 도입으로 학교 운영 주도권 장악
④ 교육감과 교육위원 선거에서 조직 총동원 영향력 행사
⑤ 사학법 개정을 통한 사학 장악 기반 구축
⑥ 학생회, 교사회, 학부모회 법제화
⑦ 교무회의 의결기구화
⑧ 교장 선출 보직제 관철
⑨ 교과서 자유발행제 실시
⑩ 교사의 학력평가권 확보(국가학력고사 배제)

위의 대부분이 전교조 초창기부터 거론된 것들이고, 그들이 기회

있을 때마다 끊임없이 주창해 온 사안들이다. 위에 제시한 ①, ②, ③, ④, ⑤항은 이미 관철된 것이고, 나머지 ⑥, ⑦, ⑧, ⑨, ⑩항은 현재 진행 중에 있는 사업이다. 후반기 사업도 상당한 진척을 보이고 있다. 다만, ⑤항 사학법은 거센 국민적 저항을 받아 재개정하기에 이르렀지만 이에 대한 사학측의 불만은 여전하다.

이 10단계 전략은 필자가 관찰하고 정리한 것이다. 전교조는 우선 학교를 장악하면 세상을 바꿀 수 있다는 확신을 갖고 있는 것으로 보인다. 요즘 전교조는 그들의 의식화 교육의 장애물인 국가보안법 철폐 운동을 강력히 벌이고 있다. 그렇다고 그들이 학교를 장악하는 일에만 전력투구하는 것은 아니다. 대통령 탄핵, 총선, 대선, 전시작전통제권 환수, 주한미군 철수, 이라크 파병 반대, 개방화 반대, 국가보안법 폐지 등 정치적 사안에 안 끼는 일이 없고, 전국연합, 민주노총, 민노당 등 좌파 세력과 연대해서 교육과는 거리가 먼 일을 벌이고 있는 것이다.

전교조의 힘은 과연 어디에서 나올까? 전교조를 합법화한 교원노조법은 전교조와 교육부총리가 직접 교섭을 하도록 하고 있다. 일반적으로 단체교섭은 한 기업체 안에서 사용주와 노동자가 임금, 근무조건, 후생복지를 놓고 진행되는 것이다. 그런데 교원노조의 경우는 노사가 협상하는 일반 기업체와는 달리 단위노동조합이 학교 담장을 넘어 교육부장관과 시·도 교육감과 직접 협상하도록 하고 있다.

그런데 전교조가 좌파 정권과 코드가 맞다 보니 툭하면 청와대를 동원하여 교육부와 시·도 교육청에까지 압력을 행사하려 할 것이다. 무소불위의 권력을 휘두르려는 것이다. 교원노조법은 국회 교육위원회에서는 한 번도 심의한 적이 없다. 이는 학교 선생님을 학생을 가르치는 교사로 보지 않고 순전히 노동자로만 보는 발상에서 나온 결과라고 할 것이다. 국민의 정부 시절, 교원노조법은 국회 본회의에서 야당 불참리에 변칙 통과한 법률로서 태어날 때부터 문제가 많은 기형적인 법률이다.

전교조는 교육공무원법상 교원이라는 안정적 법적 지위의 방패막 속에서 싸울 수 있는 반면, 사용자는 뾰족한 대응 수단이 없다. 흔히 학부모가 나서야 한다고들 하지만 자식을 맡기고 있는 처지에 교사에게 쓴소리를 할 수 있는 부모가 얼마나 될지 의문이다.

▧ 점령군으로 군림하는 전교조

지금 학교장은 아예 전교조에 관한 한 문제를 제기하지 않는다. 학교장이 침묵하는 이유는 문제 제기를 해 봐야 해결되지도 않고 오히려 학교장에게 불이익이 돌아온다는 것을 잘 알고 있기 때문이다. 이러한 상황에서 학교장이나 교감 그리고 부장교사들은 전교조와 되도록 충돌을 피하려고 한다.

전교조가 어떤 문제를 제기하고 학교장이 그 내용을 수용한다고 해서 문제가 해결되는 것도 아니다. 그 다음에 또 다른 문제를 제기하고 그것이 해결되면 또 문제를 제기한다.

타협은 사건의 마무리가 아니라 또 다른 사건의 출발점이며 협상의 시작이다. 이러한 상황에서 '전교조와의 갈등은 피하는 것이 상책'이라는 진리(?)를 발견하게 된 것이다.

전교조는 1999년 합법화 과정을 거치면서 그간 비축한 역량을 발휘하여 정치권에 영향력을 행사하였다. 대선에서는 민주당과 손을 잡았고 총선에서는 민주노동당과 제휴했다. 대선 후 열린우리당 창당과 더불어 열린우리당을 지지하며 전교조의 최대 목표였던 사학법 등 예민한 사안을 국회에서 통과시키는 데 크게 기여했다. 그런 과정에서 학교 내의 문제는 속전속결식으로 처리해 나갔다. 시·도 교육위원회에 다수의 교육위원을 진출시켜 전교조의 뒷바라지를 하도록 했으며, 이를 계기로 학교는 사실상 전교조의 점령 하에 들어갔다.

2002년 서울 시내 초등학교장 269명이 교육부에 제출한 '교원노조 폐해 사례'를 보면 이대로는 학교 운영이 사실상 어렵다는 것을 알 수 있다. 그런데도 2004년 5월 당시 유인종 서울시 교육감은 교원노조와의 단체협약에서 이러한 폐해 사례를 전혀 고려하지 않고 학교장의 의견을 무시한 채 전교조에 무릎을 꿇고 말았다. 임기 3개월을 남긴 그가 위법한 내용의 단체협약에 도장을 찍고 다음 후계자에게 인계해 준 이유는 과연 무엇인가?

교장들은 "단체협약 체결 이후 교원노조 소속 교사들이 단체협약 세부 사항들을 학교 현장에서 이행할 것을 요구하면서 정상적인 학사 관리와 학교 운영이 불가능하게 됐다"며 교원노조 소속 교사들이 단체협약과 관련, 어떤 행태를 보여 왔는지를 소상히 밝히고 있다(2002. 5. 교육부 교원노조 폐해사례 보고서).

학교 운영에 대한 최종 책임자는 교장이다. 교장이 단위학교 운영에 대하여 책임을 지려면 학교 운영에 대한 자율권이 있어야 한다. 그러나 현재 학교장에게는 학교를 소신대로 운영할 수 있는 권한이 주어져 있지 않다. 극히 제한적으로 인정된 인사권과 재정권 그리고 교육과정 편성운영권도 교장의 의사와는 상관없이 교육감과 교원노조 간의 단체협약에 의해 결정된다. 그나마 있는 권한마저 단체협약 때문에 제대로 행사할 수 없게 되어 이로 인한 학교장들의 스트레스는 이루 말할 수 없다.

교장들이 적시한 폐해 사례와 문제점들을 정리해 보면 총괄 지적 48개교, 주번교사제도 폐지에 따른 문제점 100개교, 출근부 폐지에 따른 문제점 62개교, 폐휴지 수집 폐지에 따른 문제점 47개교, 여교사들의 보건휴가 실시에 따른 문제점 28개교, 학습지도안 폐지에 따른 문제점 22개교, 단체협약 제14조 제4항(청소년단체 활동 업무는 교사가 자율적으로 선택)에 따른 문제점 12개교 등이다. 이 자료를 보면 전교조 합법화 이후의 학교 분위기와 정서를 엿볼 수 있을 것이다.

정권의 향배를 좌우한다

세계 유일의 분단국인 우리나라에서 전교조가 감상적 민족주의와 환상적 통일론으로 자라나는 청소년들에게 주는 영향력은 막강하다. 전교조 태동 시 전교조 교육을 받은 고교생들이 지금은 30대 후반에 접어들었다. 오늘의 20대, 30대는 전교조의 우산 속에서 학창 시절을 보낸 세대이고, 오늘의 10대는 현재 전교조의 우산 속에서 교육을 받고 있는 세대이다. 이들이 단결하면 세상을 바꿔 놓을 수도 있다. 이제 이들의 영향력은 아무도 무시할 수 없게 되었다.

지금 여야가 사학법에 목숨을 걸고 싸우는 이유는 전교조의 힘을 두려워하기 때문이다. 여당은 사학의 비리 척결과 투명성을 내걸고 있고, 야당인 한나라당은 사학의 자율성과 호헌론을 내놓고 있지만 실제로는 전교조가 차기 정권의 향배에 지대한 영향력을 행사할 수 있다고 보고 있기 때문이다.

좌파 정권이 코드가 맞는 정치세력을 끌어 모은다면 제1순위가 전교조다. 2003년 교육행정 정보시스템(NEIS) 도입 문제와 관련, 전교조의 의견을 대폭 받아들인 것에서부터 이미 그런 조짐이 보였다.

당시 NEIS를 둘러싼 교육부와 전교조 간의 협상이 청와대의 중재 끝에 시행을 전면 재검토하는 것으로 결판이 났다. 말이 좋아 타결이지 교무·학사, 보건, 전·입학 등 핵심 영역을 NEIS에서 제외해 사실상 전교조의 요구를 거의 수용한 것이다.

노무현 정권 들어 교육정책은 계속해서 전교조 입맛대로 요리되었고 전교조 눈치를 보며 움직여 왔다. NEIS부터 시작해서 2008학년도 '내신입시'와 '수능시험등급제' 도입이 그러했으며, 개정 사립학교법도 전교조의 밑그림대로 이루어졌다.

노무현 대통령이 서울대학교의 통합교과형 논술을 공격해 백기투항을 받아 낸 것도 실은 전교조가 문제를 제기하면서 촉발된 것이다. 전교조가 결사반대하는 교원평가제 역시 시범 실시까지는 이루어졌으나 지금 교육부가 시도하는 것은 '형식적 평가'라는 지적이 많은데다 앞으로 확대 실시로 이어질지는 불투명하다. 중·고교 학력평가를 실시한다는 간단한 교육부 방침조차 전교조의 반대 때문에 벽에 부딪혀 있다.

🔖 노동계의 촛불청구서

'양대 지침' 이란 것이 있다. 박근혜 정부에서 도입한 핵심 노동 정책으로 '공정인사 지침'과 '취업규칙 지침'을 말한다. 공정인사 지침은 성과가 낮은 사람을 해고할 수 있도록 일반 해고를 허용했다. 취업규칙 지침은 사업주가 노동자들의 동의 없이도 노동자들에게 불리한 근로조건을 도입할 수 있게 하는 것으로, 원래 노조나 노동자 절반 이상의 동의를 얻게 돼 있는 기존 법규를 완화하는 내용이다.

양대 지침은 노동시장의 유연성을 높이려는 박근혜 정부의 대표적인 노동 정책이다. 엄격한 제한을 받았던 일반 해고를 쉽게 만들었으며, 취업규칙 완화를 통해 채용·인사·임금 등의 규칙을 노조와 직원의 동의 없이도 사회 통념에 따라 바꿀 수 있도록 했다.

하지만 당시 노동계는 양대 지침이 쉬운 해고를 사실상 명문화한 것이라며 강력히 반발했고, 한국노총과 민주노총은 노사정위원회에서 탈퇴하는 등 극심한 갈등을 빚었다. 최근 문재인 정부가 양대 지침을 폐지하면서 노사 양측뿐 아니라 사회 전반에 적지 않은 파장이 예상된다.

한국의 국가경쟁력이 4년 연속 제자리걸음 중인 것으로 나타났다. 세계경제포럼이 발표한 '2017년 국가경쟁력 평가'에서 한국은 평가 대상 137국 중 26위를 차지했다.

"지난 10년간 한국은 선진국 중 드물게 대부분의 경쟁력 평가 지표에서 순위가 떨어지고 있는 편이며 평가 항목에서도 불균형이 두드러진다"라고 밝혔다. 또한 "노동시장의 낮은 효율성(전체 73위)이 국가경쟁력 상승의 발목을 잡는 한 요인"이라고 지적했다. 주요 평가 항목 12가지 중 '노동시장 효율'은 73위였다. 특히 '노사 협력' 항목은 전체 국가 중 최하위권인 130위에 머물렀고 '정리 해고 비용'(112위)과 '고용 및 해고 관행'(88위), '임금 결정 유연성'(62위) 등도 낮은 평가를 받았다.

한국은 2007년 11위를 정점으로 10년째 국가경쟁력이 하향세를 거듭, 2014년부터 4년 연속 종합 순위 26위에 머물고 있다.

한국이 내리막길을 걷고 있는 동안 2007년 당시 35위였던 중국은 27위까지 올라 한국의 턱밑까지 추격해 오고 있다. 또한 동남아시아 개발도상국들도 순위가 높아져 인도네시아가 36위를 기록했고, 베트남은 55위를 차지해 5년 전보다 20계단이나 올랐다. 전문가들은 "노동시장 개혁이 이뤄지지 않으면 국가경쟁력 순위는 앞으로 더 내려갈 것"이라고 예측하고 있다. 이런 판국에 한국 노동계는 가관이다.

한국노총은 노사정위원회에 대통령이 직접 나오면 대화해 줄 수 있다고 발표했다. 민주노총 역시 "양대 지침 폐기와 노사정위 복귀는 전혀 다른 문제"라고 주장했다. 그러면서 폭력 시위로 복역 중인 한상균 전 위원장 석방을 요구했다.

양대 지침 폐기는 노동계가 노사정위 복귀의 전제 조건으로 요구해 온 것이다. 정부가 그걸 들어주자 이제 '대통령 나오라', '한상균 석방하라'고 주장한다. 그제 고용부 장관은 양대 지침 폐기를 발표하며 "이번 조치로 대화 복원의 물꼬가 트일 수 있을 것"이라고 했다. 우리 사회 노조에 대해 잘못 생각하고 있었던 것이다. 지금 노조는 새 정권 출범은 자신들의 공(功)이니 다 내놓으라는 식이다.

새 정부는 성과연봉제 폐기, 최저임금 인상, 비정규직 정규직화, 양대 지침 폐기 같은 친(親) 노동 정책을 잇따라 발표해 왔다. 전부가 기업에 커다란 부담을 주고 경제 전체에 예측하기 어려운 부작용을 낳을 수 있는 무리한 조치다. 장관급인 노사정위원장에는 민노총 출신을, 고용부 장관에는 한노총 출신 여당 의원을 앉혔다. 그런데도 노동계는 정부를 우롱하고 있다. 여기서 법외노조 전교조가 잠자고 있을 리가 없다. 촛불청구서를 내밀고 있다.

모든 것은 정부의 자업자득이다. 경제를 살리려면 고통 분담이 필요하다. 노사(勞使)가 다 양보해야 한다. 정부는 기업에만 일방적으로 양보를 강요하고 노조에는 선물만 안겼다. 다 퍼주고 빈손이 됐는데도 노동계는 더 내놓으라고 한다. 노조를 이토록 오만하고 기고만장하게 만든 것은 전적으로 정부다. 앞으로 노조는 근로

시간 단축, 전교조·전공노 합법화, 민노총 위원장 석방 등 온갖 요구 사항을 들고 나올 것이다. 경영계를 빼고 정부와 노조가 노정(勞政) 협의체를 만들어 노동 정책을 논의하자는 주장도 나온다. 이 세계에 노동 개혁 없이 선진국이 된 나라는 하나도 없다는 사실을 모두 알아야 한다. 특히 전교조 문제 해결에 시사하는 바가 크다고 할 것이다.

법외노조 전교조가 버티는 이유

고용노동부가 2013년 전교조의 노조 권한을 끝내 박탈했다. 전교조의 노조 지위는 김대중 정부에서 1999년 합법화된 지 14년 만에 다시 무효화됐다. 고용노동부와 교육부는 각각 기자회견을 통해 전교조에 대해 '노조 아님'(법외노조)을 공식 통보했다고 밝혔다. 전교조가 법외노조가 되면서 단체협약체결권을 상실하고 노조 전임자는 학교에 복귀해야 하며 노조 사무실 임대료 등도 지원받을 수 없게 되었다.

전교조는 정부의 노조설립 취소 통보에 맞서 바로 행정집행정지 신청과 취소소송을 제기하였다. 현행 교원노조법은 해직자의 조합원 자격을 인정하지 않고 있다.

고용부는 2010년 3월 해직자를 조합원으로 인정하는 규약(부칙 제5조)을 개정하라고 전교조에 시정 명령을 했다. 부칙 제5조는 "부당 해고된 조합원은 조합원 자격을 유지한다"고 되어 있다. 전교조는 같은 해 6월 고용부의 규약 시정 명령에 대해 취소소송을 제기했으나 대법원은 시정 명령이 정당하다며 고용부의 손을 들어주었다. 고용부는 2012년 9월에도 전교조에 두 번째 규약 시정 명령을 했고, 2013년 5월과 6월에도 면담을 통해 규약 개정을 촉구했으나 전교조는 기존 방침을 고수했다.

법외노조가 되면 전교조는 단체협약체결권을 상실하고 노동조합이라는 명칭을 공식적으로 사용하지 못하게 되는 등 노조법상 누릴 수 있는 권리를 상실하게 된다.

교육부로부터 사무실 임대료 등도 지원받을 수 없어 활동이 크게 위축되었다. 그러나 법외노조로서의 전교조의 몸값은 생각만큼 크게 떨어지지 않고 있다. 전교조는 노조 본연의 일을 하는 것이 아니고 정치활동을 하기 때문이다. 그들이 받는 타격보다 그대로 버티고 싸우는 것이 실익이 있다는 계산을 했을 가능성도 있다.

전교조는 2017년 6월 1일 법외노조 철회 등을 촉구하는 교사 대상 서명운동을 시작했다. 2017년 5월 29일부터는 정부 서울청사 인근에서 문재인 정부에 '법외노조' 철회를 압박하는 노숙 농성도 하고 있다. 결국 "대법원 판결을 기다리지 말고 고용노동부가 법외노조 통보를 직권 취소하라"고 압박하는 것이다.

해고자 등 근로자가 아닌 자의 노조 가입은 원칙적으로 허용되지 않는다. 노동조합법은 "근로자가 아닌 자의 노조 가입을 허용하면 노조로 보지 않는다"고 규정하고 있다. 교원노조인 전교조는 노조법의 특별법적 성격을 지닌 교원노조법을 우선 적용받는다. 교원노조법에 따르면 해직 교원은 교원노조에 가입할 수 없다. 고용부는 이를 근거로 법외노조 통보를 한 것이다.

전교조가 법외노조를 감수하면서도 규약을 바꾸지 않는 이유는 뭘까. 해직 조합원 배제가 전교조 정체성을 흔들 우려가 있다고 보기 때문이다. 전교조가 해직 조합원을 투쟁의 상징이자 조직 정체성으로 여겨왔던 것이다. 사람들은 소수의 몇 사람만 정리하면 될 것을 무리수를 둔다고 하지만, 오늘날 전교조가 정치권에서 크게 성장하고 국회의원을 내고 정부 각료로 입각하고 청와대에 진출할 수 있었던 배경에는 파면 해직을 각오하고 물불 가리지 않고 싸운 전사들이 있기 때문이라는 인식이 깔려 있는 것이다.

전사들의 입장에서 보면 파면되더라도 일할 자리가 보장되어야 했으며 이것이 보장되었기 때문에 법을 밟고 활약할 수 있었다는 이야기가 된다. 당시 해직 조합원 9명 중 6명은 2008년 서울시 교육감 선거에 불법 개입한 혐의로 유죄 확정판결을 받았다. 나머지 3명은 국가보안법 위반, 학사운영 방해, 불법시위 등의 혐의로 해직된 교사들이다.

2015년 헌법재판소는 2심 재판부가 제청한 위헌법률심판에 대해 "해고자를 조합원으로 인정하면 교원노조의 자주성을 해칠 수 있다"며 합헌 결정했다.

교원노조는 "단지 9명 때문에 6만여 명의 조합원을 장외로 내모는 것은 지나친 조치"라며 고용부를 상대로 통보를 취소하라는 법정 다툼을 시작했으나 이는 적반하장이다. 정작 9명을 지키기 위해 전체를 내몬 것은 다름 아닌 자신들이라는 것을 알아야 한다.

대법원이 1, 2심의 판단을 뒤집을 가능성은 낮다고 보는 쪽이 더 많다. 전교조 스스로도 현행 법률로는 재판에서 승산이 낮은 것으로 봐서 헌재까지 갔지만, 헌재에서도 원하는 결론을 얻지 못했다.

한국교총 등 교원단체에서는 "전교조가 위법 규약을 바꾸면 해결할 수 있는 일인데 오히려 자기들 규약에 맞춰 법을 바꾸라고 요구하는 것은 법 위에 군림하겠다는 태도"라고 했다.

그들이 간절히 바라는 것은 자신들이 지지해서 탄생시킨 좌파 정권이 행정적으로 구제해 달라고 촛불 청구서를 보내고 서명운동에 시위를 하고 있는 것이다.

🔲 전교조의 전략, 어디까지 왔나

전교조는 국가교육권을 배제하고 교육 내용, 교육 이념에 대한 국가의 교육통제권에 도전하기 위해 전술적으로 거대한 대중 투쟁을 필요로 했다. 이같은 대중 연대 투쟁 의지는 전교조 결성 선언문에도 잘 나타나 있다.

현재의 사회 모순과 교육 모순을 낳고 있는 반민족적·반민주적 독재정권과의 투쟁에 나선 노동자, 농민, 도시 빈민, 학생, 양심적 지식인 등 모든 민족세력과 굳게 연대하여 교육민주화와 사회민주화 그리고 통일에의 그날까지 줄기찬 투쟁을 벌여 나갈 것이다.

전교조가 조합원을 대상으로 일상적으로 교육하는 내용이 있다. 즉 "대중 투쟁을 조직화하라"이다. 그러자면 "법과 상식, 논리를 돌파하고 현 질서를 마비시켜야 한다"는 것이다. 법과 상식에 의한 흔들림은 지도력으로 돌파해 나가되 현 질서를 파괴하고 마비시켜 논리를 끊어 버릴 때 투쟁이 가능하다는 지난날 권위주의 시대의 운동권의 논리가 어떻게 민주화 시대를 맞이한 제도권의 전교조 논리가 될 수 있을까? 설득력을 얻기가 어려울 것이다.

여기서 우리 시선을 끄는 것은 전교조의 전술이 첫째, 민주적 대화 방법과는 근본적으로 성격을 달리한다는 것이고, 둘째, 제도교육과 현존 질서를 극복해야 할 대상으로 보고 있으며, 셋째, 방법에 있어서 개인의 자유보다는 대동단결만을 강조하므로 반민주적 · 반자유적이고, 넷째, 감성과 도덕적 분개, 적개심, 선동 등에 의한 군중심리를 이용한다는 것을 짐작할 수 있다. 끝으로 의식화 전략, 흑백논리의 주장, 언어의 정치적 변용 등 비합리적 조작을 수단으로 사용한다는 특징을 지닌 것으로 보인다. 따라서 전술 자체가 반지성적일 뿐 아니라 목적을 위하여 수단을 가리지 않는다. 이것은 분명 자유민주주의에 기반을 둔 인간관 · 사회관 · 진리관에 어긋날 뿐 아니라 교육의 본질을 추구하는 해결 방식과도 거리가 먼 것이다.

그렇다면 전교조는 왜 사회적 비판을 감수하면서까지 불법적인 투쟁을 일삼는가?

과거 전교조 전임 활동가였던 박 모 교사는 "전교조가 이렇게 실력 행사를 하는 것은 공청회 주제를 단체교섭 테이블로 끌어와 교육인적자원부와 단독으로 담판지으려는 의도"라고 풀이했다. 공청회를 열면 교육부를 비롯한 여러 단체에서 의견을 개진하고 전교조도 거기에 한 의견을 밝히는 것에 불과하지만 단체 교섭을 하게 되면 전교조가 뜻한 바를 관철하거나 없던 일로 해버릴 수 있다는 것이다.

제3장
좌파 정권의 싱크탱크

전교조는 짧은 기간에 교원노조로서가 아니라 정치적 단체로서 크게 성장하였다. 그들의 주장은 교원단체나 노동조합 차원의 주장이 아니라 정치단체로서의 위상 변화를 드러냈고, 전교조는 그 세를 몰아 드디어 2002년 노무현 정권 창출에 산파역을 담당한 데 이어 총선에서도 막대한 영향력을 행사하였다.

제도권에 입성한 전교조는 전국연합, 민주노총, 민주노동당들과 연계하여 재야와 제도권 사이에서 교량 역할을 담당하였다. 그들이 예비 유권자인 청소년에게 주는 영향력은 절대적이었다. 전교조 교사들은 제도권에 안주하면서 제도권 밖에 있는 재야와도 연대해 대선과 총선에서 영향력을 행사하였다.

김영삼 정부는 문민정부를 내세우면서 전교조에 추파를 던졌다. 전교조를 합법화시키지 않은 상태에서 해직된 교사들을 복직시키는 절차를 밟기 시작했고 대부분의 해직 교사를 복직시켰다. 김대중 정부는 한걸음 더 나아가 전교조를 합법화시켰다. 당시 국회를 통과한 교원노조법은 변칙의 산물이었다.

그리하여 전교조는 짧은 기간에 교원노조로서가 아니라 정치적 단체로서 크게 성장하였다. 그들의 주장은 교원단체나 노동조합 차원의 주장이 아니라 정치단체로서의 위상 변화를 드러냈다.

전교조는 2001년 통일 교재로《이 겨레 살리는 통일》을 제작하여 배포한 바 있다. 노무현 정부는 2002년 12월 대선을 거쳐 2003년 2월에 출범했다. 여기서 우리는 노무현 정부의 대미외교와 대북 정책, 그리고 통일정책의 기조와 방향에 대해 주목하지 않을 수 없다.

전교조가《이 겨레 살리는 통일》에서 주장한 정책 하나하나를 그 후 탄생한 노무현 정부가 그대로 수용하여 추진해 왔다는 사실을 발견할 수 있다. 말하자면 전교조가 노무현 정부의 싱크탱크 노릇을 했고, 지금도 사학법 개정에서 보듯이 그러한 역할을 하고 있다. 열린우리당은 해체과정에서도 사학법 재개정에 전교조의 눈치를 보느라 정신이 없었다.

전교조의 통일 교재《이 겨레 살리는 통일》은 미국에 대해 새로운 시각을 갖도록 요구하고 있다. 미국이나 주한미군에 대한 비판을 용공, 친북으로 간주하는 의식의 극복 없이는 남북 화해와 평화통일은 진전될 수 없다는 것이다.

▨ 각종 정책, 정부 발표보다 먼저 주장

전교조의 통일 교재에 의하면, 한미연합사 사령관이 전시작전권을 갖고 있는 데 대해 "한국은 군사주권을 갖고 있지 못하다. 한국전쟁 중 미국에 군사작전권을 넘겨줌으로써 1994년에야 평시 작전권을 한국군에 넘겨 주었으나 전시작전권은 여전히 미군이 갖고 있다"고 기술하고 있다. 나아가 "군사주권을 남의 나라에 50년 이상 맡기고 있는 나라는 없으며, 그것은 한국의 존엄성을 훼손하는 부끄러운 일"이라고 개탄하면서 이런 사실을 학생들도 알아야 한다고 역설한다.

문제는 오늘 우리 사회의 최대 쟁점으로 떠오르고 있는 전시작전통제권과 한미연합사 그리고 주한미군 철수가 노무현 정부 출범 이전 전교조에 의해 체계적으로 주장되었던 것이라는 데 있다. 그리고 노무현 정부는 출범과 함께 전교조의 주장을 받아들여 구체화하기 시작했다는 사실이다. 전교조가 좌파 정권의 싱크탱크, 과외교사라는 이유가 여기에 있다.

작전통제권에 대하여 류병현(전 한미연합사 부사령관)은 다음과 같이 이야기하고 있다.

"당시 이승만 대통령이 맥아더 원수에게 이양한 것은 '작전지휘권'이 아닌 '작전통제권'이었는데 1978년 한미연합사가 창설

되었으며, 한미연합사는 한미 양국 대통령을 공동의 통수권자로 하고 있다. 비록 미군 장성이 사령관을 맡고는 있지만, 그 권한의 행사는 한국인 부사령관의 동의하에서 행사되는 것이다."

류 장군은 주한미군에 대한 부정적 인식에 대해 이렇게 비판했다.

"그런 주장을 하는 사람들은 전쟁을 경험해 보지도 못했고, 책임을 수행해 보지 못했던 사람들이다. 동맹국을 가지고 있는 것은 좋은 것이다. 한번 다른 나라와의 동맹관계가 파기된 후 다시 동맹을 체결하는 것은 참 어려운 일이다. 혹자는 한국이 미국하고 방위조약을 맺고 있기 때문에 중국 등 다른 나라들이 한국을 업신여긴다고 말하지만 천만의 말씀이다. 미국과 방위조약을 체결하고 있기 때문에 중국, 러시아 등이 한국을 존중하고 중요성을 인정한다. 한국을 건드려선 안 된다는 것을 아는 것이다. 외국 자본들도 한미상호방위조약이 있고 주한미군이 있기 때문에 믿음을 갖고 투자를 하는 것이다. 10 · 26사태나 5 · 18사태가 일어났을 때 북한이 남침하지 못한 것은 주한미군이 있었기 때문이다."

전교조는 학교장의 감독 범위를 벗어난 지 오래다. 교육부장관과 각 시 · 도 교육감과의 단체협약을 통하여 자신들의 주장을 관철시켰다. 그 결과는 교실 붕괴에 이어 교무실 붕괴를 부채질해 공교육의 위기를 자초하였다. 교육부장관은 교육정책을 수립함에 있어서 전교조와 사전 조율하기에 이르렀고, 그렇지 않을 경우 호된 시련을 겪거나 정책 추진을 중단하거나 포기하는 사례가 빈번히 일어나게 되었다. 교육인적자원부가 추진하고 있는 정책들이 청와대나 정치권에 의해 제지되거나 수정되는 일들이 비일비재했다. 그 배후에 전교조가 있다는 사실은 이제 공공연한 사실로 확인되고 있다.

🌿 교육 차원을 넘어 선동대 역할

전교조의 의식화 교육은 교실에서의 학생 교육에 그치지 않는다. 조합원 스스로 행동으로 보여 주고 아이들을 선동한다. 전교조는 반전 평화 수업이라는 명분으로 계기수업을 진행한 이후 '이라크 추가 파병 전면 재검토'를 요구하는 전국교사시국선언을 발표하기도 했다. 전교조는 이 시국선언을 통해 "정부가 이라크 전쟁에 참여하는 것은 미국의 패권주의에 기대어 부당한 이익을 취하려는 것"이라고 비판하고, "그것이 국익이나 동맹이라는 명분으로 정당화될 수 없다"며, "이라크전쟁 참전 방침의 전면 재검토와 추가 파병 중단은 물론, 지금 이라크에 파견된 국군의 조속한 전원 복귀를 서두를 것"을 촉구했다.

이처럼 전교조가 파병 반대와 반미를 적극적이고 공공연하게 주장하고 있는 상황에서, 그들이 주도하는 반전 평화 수업이 어떤 목표를 갖게 될지 짐작하는 것은 결코 어려운 일이 아니다. 전교조가 국민을 상대로 시국선언을 했다는 것은 전교조가 단순히 파병 반대의 입장을 갖는 데 그치지 않고 이를 하나의 운동으로 인식하고 있다는 결정적인 증거다.

전교조의 반전 평화 수업은 교육권의 남용 또는 수업권의 침해라는 비판을 면하기 어렵다. 전교조가 파병 반대라는 입장을 정하여 계기수업이라는 이름을 빌려 법과 교육과정을 어기고 일종의 집단행동을 벌이면서 학생들을 교육하는 것은 명백히 교육권의 남용이다. 이처럼 조직적이고 집단적으로 특정의 정치적 입장에서 의식화 교육을 전개하는 것은 그 입장의 옳고 그름을 떠나 용인될 수 없다.

전교조는 툭하면 공동수업이라는 이름 아래 계기수업을 전개해왔다. 전교조 측은 계기수업이 "미래지향적 · 가치지향적 교육을 위해 필요하다"고 말한다. 학생들에게 열린 사고를 가르치기 위해서는 사회적으로 큰 이슈가 되는 사건들에 대해 계기수업을 한다는 것이다. 그러나 사회적 합의에 근거하지 않은 계기수업은 일정한 목표를 정해 놓고 진행하는 '의식화 교육'에 불과하다.

전교조가 실시하는 계기수업은 전교조의 생각일 뿐 우리 사회가 합의한 내용이 아니다. 사회적 합의를 보지 못한 사안에 대한 전교조의 계기수업은 편향된 이념을 학생들에게 일방적으로 주입하는 '이념교육'이라는 점에서 결코 허용되어서는 안 된다.

전교조의 친북·반미적 시각은 역사적 사건에 대한 학습자료에 그대로 투영돼 있다. 전교조의 '4·3사건 공동수업안'을 보면, "4·3을 이데올로기 대립으로 몰아가지 않도록 하고, 가해자와 피해자를 강조하기보다는 해원(解冤)과 화해, 상생의 가치를 가르친다"고 되어 있다. 그러나 실제 이 자료는 4·3사건의 본질을 가린 채 "제주도민의 자주적 통일국가를 수립하기 위한 시도를 이승만 정권이 반공국가 확립이라는 목적 아래 초토화 작전을 벌여 집단학살을 했다"는 식으로 가르치고 있다.

한 전교조 조합원이 작성한 '국가보안법 폐지 수업안'을 보면, 국가보안법이 존속하면 누구나 이를 어길 수밖에 없다는 논리를 펴고 있다. 수업 자료에서는 국가보안법 폐지를 주장하는 민주노동당의 국회 발언을 소개하고, 국가보안법 폐지 주장을 담은 민중가요 배우기시간을 갖도록 했다.

■ 재야단체와도 연합전선 구축

1991년 전국연합 창설을 계기로 전교조는 독재정권에 대한 투쟁을 효과적으로 전개하기 위한 전기를 마련했다고 판단하고, 재야단체와 연대하여 총선과 대선에 관여하면서 해직교사 복직과 교육 대개혁 투쟁을 강력히 전개했다. 총선 이후 하반기 들어 전교조는 대의원 대회를 통해 민주정부 수립을 위하여 전국연합의 깃발 아래 투쟁한다는 원칙을 확인했다. 이처럼 전교조의 뿌리는 깊고 넓다.

같은 해 대통령선거에서 전국연합은 민주당과의 정치연합을 통해 김대중 후보를 범민주 단일 후보로 결정하고 그를 지원하는 활동을 벌였다. 전교조는 전국연합의 방침에 따라 '전교조 합법화와 민주 대개혁을 위한 투쟁본부'를 구성하고 활동했다. 1995년 민주노총이 출범하자 전교조는 즉각 민주노총에 가입했다. 이수호는 당시 민주노총 사무총장으로 활약하였고, 전교조위원장을 역임한 다음 민주노총위원장으로 활약한다.

북한의 지령을 받아온 통일혁명당은 1968년 조직원 대부분이 검거, 와해됐으나 통일혁명당 잔존 세력을 포함한 남한의 김일성주의자들은 지하당 건설에 다시 돌입하는데, 이것이 남조선민족해방전선(남민전)이었다. 1979년에 검거된 남민전은 당시 북한이 정립한 주체사상을 내걸고 나온 첫 조직으로 전 전교조 이수일 위원장은 이 사건과 관련되어 수년간 옥고를 치렀으나, 2006년 3월 정부 산하기관 민주화보상심의회는 1979년 말 검거된 남민전 관련자들을 민주화운동 관련자로 인정했다.

어쨌든 남민전이 뿌린 '주체사상'의 씨앗은 1980년대 386주사파로 싹이 트고, 1987년 '전국대학생대표자협의회(全大協)'로 꽃을 피우게 된다. 대법원에 의해 이적단체로 판정된 전대협은 주사파로 불리는 김일성주의 지하 서클에 의해 장악됐었다. 전대협은 1993년 '한국대학생총연합회(韓總聯)'로 소위 발전적 해체를 하게 된다. 1983년 설립된 '민주통일민중운동연합(민통련)'이 1989년 '전국민족민주운동연합(전민련)'으로, 다시 1991년 '민주주의민족통일전국연합(전국연합)'으로 바뀌며 반미노선을 내걸기 시작했다. 전국연합은 국가보안법 철폐, 주한미군 철수, 연방제 통일로 노선을 정립하면서 대한민국 기존 질서를 해체하는 투쟁의 전면에 나서게 된다.

통혁당, 남민전, 전대협, 전국연합 등 북한의 대남 적화노선에 동조하면서 대한민국 파괴를 다짐했던 세력들은 김대중 정권 이래 전교조, 민주노총, 통일연대, 민중연대 등 소위 시민사회단체로 외연을 넓혀 갔다. 그리고 노무현 정권 들어 청와대, 총리실, 열린우리당, 민노당, 정부 산하 각종 위원회와 사학 등 한국 사회 중심부에 전면 포진해 친북·반미정책을 추진하는 데 열을 올렸다. 이런 국체 파괴 내지 부정행위는 좌파를 자칭한 노무현 정권의 비호 아래 이루어졌다.

노무현 정권 출범 이후 두드러진 특징 중 한 가지는 소위 연방제 통일을 지향하는 반미단체들의 발호이다. 재야에 있던 이 단체들은 2002년 효순이 미순이 사건으로 반미운동의 대중화에 성공했고, 전·현직 간부들은 국회, 청와대 등 권력 핵심부로 진출해

갔다. 소위 산개 투쟁(검거 시 조직 붕괴를 막기 위해 흩어져 싸운다)을 원칙으로 하는 운동권은 반미·친북적 성격의 단체 역시 수없이 난립시켜 놓았다. 그러나 난립된 단체들을 자세히 들여다보면 구심점으로 기능하는 단체가 있는데, 그것이 바로 전국연합이다.

전국연합은 1991년 설립 이래 국보법 철폐, 주한미군 철수, 연방제를 주장해 온 단체이며, 미국이 한국을 식민지로서 지배하고 있으므로 식민지 상태인 한국을 해방시켜야 한다고 주장했다. 이는 운동권 내부에서 민족해방(NL)노선이라고 한다.

전교조는 발족 당시부터 많은 우군을 배경으로 출발했다. 참교육학부모회, 정치권, 노동단체가 후원자가 되었다. 1991년 창설된 전국연합의 총선 방침에 따라 연대 투쟁을 전개했고 국제 교원들과의 연대활동도 전개하였으며, 1995년 민주노총이 출범하면서 그 산하에 들어가 해직교사 1,491명을 교단에 복귀시키는 성과를 얻기도 했다. 1999년 민주노총이 제시한 '교원노조 합법화'를 정부가 받아들임으로써 전교조는 처음부터 시민단체, 노동단체, 정치단체와 끈끈한 유대관계를 갖고 출발했고, 현재도 마찬가지로 연대 투쟁에 앞장서고 있다.

이는 '교육의 자주성, 전문성, 정치적 중립성'이라는 헌법정신을 무색케 하는 명백한 불법행위다. 그럼에도 전교조는 '학교 자치'라는 명분을 내세워 학교를 점령하고 더 나아가 노동단체, 시민단체와 연합전선을 구축해 새로운 세상을 건설하는 꿈을 꾸고 있다.

전교조는 '민주노총-민주노동당'으로 연결되는 정치집단이다. 외부 정치세력과 연계됨으로써 전교조는 번번이 우리 헌법에서 명시하고 있는 '교육의 정치적 중립 의무'를 어기고 있다.

❀ 좌파 정권과 코드 맞추기

노무현 정권의 교육정책은 전교조와 코드가 맞아떨어졌다. 대학 논술고사까지 대통령이 간섭하고, 대학입시를 정부의 생각대로 완전 통제하고 평준화를 강화하며 특목고와 자립형 사립고 확대를 통제하고 교육개방을 방해했다. 학부모와 학생의 의견을 무시한 채 완전한 교육독재를 실시했다. 미래로 달리는 미국, 일본의 교육개혁을 외면하고 파멸한 프랑스, 독일 좌파 정권의 교육을 모방해 왔다. 프랑스와 독일도 스스로 잘못을 인정하고 교육정책을 수정하고 있는 판국인데 말이다.

그리하여 공교육은 완전히 황폐화되고 사교육 시장은 활황을 맞았다. 사교육비로 가정경제가 흔들리고, 전교조의 횡포와 노 정권의 교육독재 때문에 하루 40명 학생들이 조기 유학을 떠났으며, 국민 25%가 기회가 되면 교육이민을 가고 싶다고 했다. 노 정권과 전교조가 '기러기 아빠'라는 신조어를 만들어 낸 것 아닌가?

정부와 여당은 '고교등급제, 본고사, 기여입학제 금지'라는 3불(三不) 원칙을 고수해 왔다. 정부 여당은 또한 재단이사의 4분의 1 이상을 교사 등이 추천하도록 한 '개방형 이사제' 도입을 골자로 하는 사립학교법을 강행 처리해 2006년 7월 1일부터 시행에 들어갔으나 사학과 종교계 그리고 일반 시민단체의 강력한 반대에 부딪쳐 재개정하기에 이르렀으나 이 또한 불안전하기는 마찬가지다.

현 정권이 전교조와 정치적 동맹관계를 맺고 있는 건 다 아는 사실이지만, 정부가 이렇게 노골적으로 전교조의 주장을 정책으로 실현하려는 의도를 더 이상 모른 채 지나칠 수만은 없는 일이다.

각급 학교를 전교조의 이념적 세뇌의 장으로 만들어 미래의 유권자들을 자기편으로 끌어들여 권력의 영속화를 꾀하려는 게 아니라면 도대체 이 정권은 전교조와 어떤 목표, 어떤 이해관계를 같이하고 있기에 국민교육을 전교조의 손아귀에 넘기기 위해 이렇게 갖은 무리와 억지와 편법을 동원하고 있는지 모르겠다.

학교 현장에서 가장 절실한 것은 학생 개개인과 국가의 경쟁력을 높이는 교육이다. 이를 위해 많은 국민은 학부모와 학생들에게 학교 선택권을 돌려줄 것을 바라고 있다. 그런데도 전교조는 이에 반대하고 있을 뿐 아니라 자신들의 이념대로 공교육과 학교 운영을 좌지우지하기 위해 여당 의원들을 앞세워 학생자치기구의 법제화까지 관철하려 들고 있다.

과거 문재인 민정수석은 전교조를 위해 전교조가 파견한 사람처럼 보였다. 윤덕홍 교육부총리 역시 원칙도 소신도 없이 눈치보느라 시간을 보내다가 교육계의 사퇴 압력을 받고 물러났다. 노무현 정부는 전교조 초대 정책실장 출신에게 교육문화비서관을 맡길 만큼 전교조와 밀접한 관계를 유지해 왔다.

전교조식 코드 교육은 평등을 지나치게 강조함으로써 세계화 시대이자 지식기반사회를 살아가야 할 우리 아이들의 잠재력을 오히려 퇴화시켰다. 정부 여당이 전교조에 발목을 잡혀 국가 백년대계를 그르치고 있는 현실을 언제까지 두고 보아야 하는가?

🌀 친전교조 교육수장 등판

김상곤 부총리 겸 교육장관은 어떤 인물인가. 혁신교육의 아이콘인가, 포퓰리즘의 전문가인가. 그는 문재인 대통령의 교육공약 설계를 총괄해 일찌감치 유력한 교육부장관 후보로 꼽혀 왔다. 문 대통령의 대표 교육공약 대부분은 그가 평소 주장해 온 것들이다. 외고, 국제고, 자사고 폐지 등 초·중등 교육에 큰 변화가 예상된다.

문 대통령 공약에는 그가 경기교육감 시절 도입한 '혁신학교'를 전국적으로 확대하겠다는 내용도 있다. '수능 절대평가 전환'

도 포함돼 있다. 학생 간 지나친 경쟁과 교육 불평등을 완화하자고 하지만 급진적인 정책 추진으로 교육계가 혼란에 빠졌다. 무상급식, 학생인권조례 등 포퓰리즘 정책을 남발하고, 혁신학교 확대 등으로 교육현장에 큰 혼란을 야기했다. 그는 교육감 퇴임 후 특정 정당 중책을 맡은 바 있다. 정치적 중립성을 요구하는 교육부 장관에 적합한지 의문이다.

김 장관은 한신대 경영학과 교수로 재직하다 2009년 첫 직선으로 치러진 경기교육감 보궐선거에서 '진보 교육감 1호'로 당선됐다. 당시 선거 공약으로 내세운 '초등학교 무상급식'은 이듬해 전국적으로 '무상급식 논란'에 불을 붙이는 계기가 되었다. 이때부터 학생인권조례, 혁신학교 등 이른바 '친전교조 좌파 교육감 맏형'으로 일컬어졌으며, 그의 주요 정책이 서울 등 다른 친전교조 좌파 교육감 지역으로 확산되었다.

김 장관은 2014년 6·4지방선거를 앞두고 경기도지사에 출마하기 위해 교육감직을 전격 사퇴했지만, 새천년민주당 당내 경선에서 패배했다. 당시 김 장관은 '무상급식'을 연상케 하는 '무상버스(대중교통)' 공약을 내걸어 '포퓰리즘 전문'이라는 비판을 받기도 했다. 지난 대선 때는 문 대통령 선거캠프의 공동선대위원장을 맡았다.

김 장관의 박사학위 논문(1992년) 표절 의혹과 관련해 민간단체인 연구진실성검증센터의 제보를 받은 서울대는 "연구 윤리 위반

정도가 경미한 연구 부적절 행위"라고 애매한 결론을 내렸다. 하지만 진실성검증센터 측은 "논문 일부 문장은 1983년 일본의 논문 '소련의 노동내용론' 내용을 그대로 옮겨놓은 것"이라고 주장하고 있다. 다른 장관도 아닌 교육부장관이 이래도 되는지, 학생들에게 묻고 싶다.

김상곤 교육부장관은 헌법이 정한 교육의 정치적 중립성을 지켜야 할 인물로는 가장 부적격자라는 평을 받고 있다. 그의 행적 하나하나가 정치적 성향이 강하기 때문이다. 좌편향 검정교과서 때문에 태동된 국정교과서를 폐기하는 것은 스스로 좌편향 이념 교육을 하겠다는 무서운 이야기다.

현재 우리는 교육 난국을 맞고 있다. 교육부장관은 시·도 교육감의 위법 부당한 행정행위를 바로잡아야 할 위치에 있다. 그런데 본인 자신이 교육감 재직 중 교육부의 시정지시에 따르지 않은 일이 비일비재였다. 이제 대부분의 시·도 교육감이 코드가 같다. 다함께 위법·탈법의 춤을 출 가능성이 높다.

교육은 황폐해지고 학부모의 허리는 휘고 대한민국의 기본이 흔들린다. 이 '불안시대'를 어떻게 극복할 것인가. 좌파의 행군은 계속 되고, 밥상머리 교육은 볼 수 없고, 무상급식 강행으로 학교 내 비정규직 급식노조를 만들어 정치적 우군을 삼고 있다. 학생인권 조례를 통해서 교권 실추에 동성애 인정, 학교 밖 정치집회 참여를 공공연히 독려하고 있다. 그리고 혁신학교 도입으로 교장을 무력화시켰다.

박근혜 정부 때 만든 역사교과서 국정화를 '적폐'로 규정하고 문재인 정권이 진상조사에 나섰다. 문재인 정부 출범 직전까지 이루어진 국정화 추진 과정을 조사해 위법·부당 행정에 관여한 공무원의 책임을 묻겠다는 것이다. 조사는 장관 직속의 국정화진상조사위원회가 내년 2월까지 진행한다. 장관은 "역사교과서 국정화 진상조사는 적폐 청산과 교육 민주주의 회복을 위한 첫걸음"이라고 강조했다.

박근혜 정부는 좌편향 검정 국사교과서를 바로잡기 위해 국사 국정교과서를 펴낸 것이다. 좌편향이 아니라는 평을 받은 교학사 교과서가 전교조와 좌익세력들의 폭력 저지로 중·고 5,566개 중 한 학교도 채택을 못했다. 이런 상황에서 문 정권이 들어서자 제일 먼저 한 일이 국사 국정교과서 폐지였다. 전교조에게 마음놓고 의식화 교육을 하라고 지시한 것이나 다름없다. 이 판에 대남적화 통일을 주도한 이적단체 간부를 교육부 주요 간부로 특채하였다. 문 정권의 교육정책의 방향이 보인다.

앞으로 수능 절대평가 추진으로 인한 혼란이 극에 달할 것이다. '변별력 상실'이란 치명적인 단점을 드러내고 있지만 이를 추진할 기세다. 일정한 성취 기준에 달성했다고 1등급을 줄 것이 뻔하고 그렇게 되면 일류대학은 변별력이 없어 또 다른 선발 방안을 모색할 것이다.

2016년도 모의고사에서 90점 이상을 맞은 영어 1등급이 13만 명이다. 이쯤 되면 자연적으로 내신 및 학교생활기록부 그리고 대학별 본고사 부담으로 이어질 것이다. 본고사는 물론 경시대회나 체험활동 등 비교과 스펙을 위한 사교육은 더욱 극성을 부릴 것이다. 서두르던 절대평가 추진을 1년 유예했으나 첩첩산중이다. 4차 산업혁명을 이끌 창의적 융합형 인재를 키울 시기에 궤도 이탈을 하고 만 것이다. 앞으로도 계속 학생을 대상으로 정치적 꼼수는 계속될 것이다.

2017년 10월 현재 시·도 교육청 등 교육당국이 법외노조인 전교조에게 총 40억 원 규모의 사무실 전세금과 평균 117평이나 되는 사무실을 지원하고 있다.

2013년 10월 고용노동부는 전교조에 대해 '법외노조'라며 노조로 인정할 수 없다고 통보했다. 전교조는 곧바로 사정당국에 이에 대한 취소소송을 제기했지만, 서울행정법원과 서울고등법원은 기각 결정을 내렸다. 현재 전교조는 대법원에 상고해 재판을 진행 중이다.

교육부는 법외노조 판결 이후 전교조에 대한 노조 지원 중단을 결정했다. 이에 따라 일부 교육청은 2016년 4월 전교조 지원금 6억 원을 환수했지만, 일부 좌파 교육감은 교육부의 지원 중단 명령에도 불구하고 계속해서 지원하고 있다.

교육부에 따르면 현재 서울, 부산, 인천, 울산, 경기, 충북, 충남,

전남, 경북 등 9개 교육청은 전교조에 노조 사무실 퇴거통보 조치를 내렸다.

하지만 전교조는 응하지 않고 있다. 전교조 서울지부는 교육청의 퇴거 통보에도 불구하고 전세금 15억, 291평 상당의 사무실을 사용 중이다. 부산 역시 전세금 4억6천만 원, 119평형 사무실 등을 그대로 사용하고 있다. 세종, 광주, 강원, 전북, 제주 등 5개 교육청은 "대법원 판결이 나올 때까지 결정을 유보하겠다"며 전교조에 퇴거 통보 공지조차 하지 않은 것으로 드러났다. 이들 가운데 광주, 세종, 강원교육청은 교육청 건물을 전교조 사무실로 제공하고 있다. 법과 절차에 따라 예산을 지원하고 집행해야 할 교육청이 국민 혈세를 이렇게 낭비해도 좋은지 모르겠다.

이런 상황에서 전교조는 연가(조퇴)투쟁 여부를 두고 오는 11월 8일 총투표를 실시한다고 한다. 이들은 총투표 결과에 따라 성과급·교원평가 폐지, 법외노조 철회와 노동기본권 쟁취 등을 주장하기 위해서 총력 투쟁을 벌일 모양이다. 이것이 곧 문재인 정권을 탄생시키는 데 한몫을 한 전교조의 촛불청구서라 할 것이다. 김상곤 교육부장관이 좌파 교육감의 행태와 법외노조 문제를 어떻게 다룰지 눈을 크게 뜨고 지켜보아야 한다.

◼ 조례는 법 위에서 춤추고

전교조와 친전교조 교육감은 헌법과 법률보다 조례를 중시한다. 헌법 위에 법이 있고, 법 위에서 조례가 춤을 춘다.

무상급식 조례를 제정하여 정치적 동반자를 얻었다. 스웨덴, 핀란드를 제외한 선진국 대다수가 실시하지 않는 무상급식을 밀어붙여 재미를 보았다. 무상급식은 세금급식이고 장래 이자까지 붙여 내는 외상급식인데 공짜급식으로 홍보하여 성공했다. 국민 혈세임에도 불구하고 선거에서 생색을 냈다. 그래서 표를 얻었다.

학생인권조례는 교실 붕괴의 촉진제 역할을 했다. 미래 유권자 확보에 신경을 쓴 것이다. 학교는 교육이 사라지고 작은 법정이 되고 말았다. 교사를 가해자로 상정하고 조례를 제정했다. 자유연애, 동성연애, 체벌금지는 물론 소지품 검사도 인권 침해로 규정했다.

교내외 집단 활동 허용은 문제가 심각하다. 학생은 미성년자이고 피교육자로서 교육과정에 교내는 물론 학교 밖의 활동에 대해서도 교사의 지도를 받도록 되어 있다. 그런데 교내 집회는 물론 학교 밖의 정치집회를 열거나 다른 정치 집회를 개최하는 것을 허용하는 것은 있을 수 없는 일이다. 촛불집회에 참여하는 것을 교사가 지도할 수 없도록 만들어 놓은 것이다.

혁신학교조례는 선을 넘고 말았다. 용어부터 문제가 있다. 대다수 다른 일반학교는 혁신학교가 아니라는 이야기가 되기 때문이다. 교과서도 없고, 시험도 없고, 학생 마음대로 교사 마음대로 학교를 운영하겠다는 것으로 학교장을 식물 교장으로 만들겠다는 속셈이라 하겠다. 일찍이 전교조는 교무회의 의결기구화를 주장해 왔는데 좌파 교육감들은 오래전에 단체협의를 통해 학교 운영권을 상당 부분 전교조에 넘겨주었다 할 것이다. 혁신학교는 이를 더욱 분명히 하자는 의도라 하겠다. 결과는 학생의 학업성적이 1년 만에 반토막이 나고 학부모와 일반교사가 기피하는 학교가 되었다.

🦭 완장 찬 혁신학교

혁신학교는 전교조 거점 학교다. 교장은 도장 찍는 허수아비 식물 교장이다. 학교 운영은 교사의 손으로 넘어가 있다. 전교조가 주도하는 '다모임'이라는 교사회가 학교 내에 비정규직 노조분회를 결성하면서 예산, 인사, 계약문제까지 관여하고 학교 회계직의 근무시간이나 유급병가 일수도 마음대로 조정한다.

혁신학교의 학력 저하는 필연이다. 혁신학교는 경기도가 당초

230개교로 학력이 3년간 연속 전국 최하위권이고 서울도 바닥이다. 전국 17개 시·도 교육감 중 13명이 친전교조 좌파 교육감으로 분류되고 전체 학력이 떨어진 상황에서 학력 비교는 무의미해졌다. 학교를 장악한 전교조 교사들이 학력평가를 반대하여 학생 간 경쟁을 못하게 해 자녀의 학력 신장을 바라는 학부모는 아이를 학원으로 보낼 수밖에 없게 되었다.

혁신학교는 선택이 아닌 강제 배정되는 학교다. 과학고, 외고, 예체능고 같은 특목고와 자사고, 마이스터고나 특성화고는 학부모와 학생의 선택에 의해 입학하지만 혁신학교는 그렇지 않다. 학생 본인이나 학부모 의사와 상관없이 무조건 강제로 배정되고 있다.

혁신학교는 좌편향 정치학교다. 좌파 교육감들의 작품인 혁신학교에서는 교단을 장악한 전교조 교사들이 국회, 지방의회, 시민단체 등 종북 세력의 비호 속에 학생들에게 공공연하게 반국가 의식화 교육을 실시하고 있다.

혁신학교는 당근을 먹이는 학교. 서울시는 돈이 없어 비가 새는 지붕도 수리하지 못하는 일반학교를 외면하면서 67개 혁신학교에는 연간 1억 원이 넘는 막대한 예산을 지원하여 학생들에게 공짜 영화 관람, 생일 파티와 같은 선심성 당근을 안겨 주었다. 이는 대다수 일반학교 아이들의 동심을 멍들게 하는 짓이다.

혁신학교는 좌파 교육감의 핵심 작품이다. 김상권 경기도 교육감의 아이디어였다. 서울시 교육청 자료에 의하면, "혁신학교는 배움과 돌봄의 책임교육을 실현하고 학생, 교원, 학부모, 지역사회의 교육적 요구가 서로 소통하는 참여와 협력의 교육문화 공동체로서 전인교육을 추구하는 학교"라고 정의하면서 6대 추진과제로 ① 학교 운영 혁신 ② 교육과정 혁신 ③ 수업 혁신 ④ 학생 평가방법 혁신 ⑤ 생활지도 혁신 ⑥ 교육복지 혁신을 내세웠다.

그러나 혁신학교가 지향한 새로운 교육 모델이 일반학교의 수준과 크게 다르지 않다. 혁신학교 운동가들은 기존의 교육개혁정책을 비판하면서 혁신학교가 새로운 교육운동으로 자리매김해야 한다고 주장한다. 기존 교육개혁이 관료 중심의 위로부터 아래로의 시장주의와 국가주의에 입각한 제도개혁이라고 비판하면서 혁신학교 운동은 이와는 달리 교사 중심의 아래로부터 위로의 공동체주의에 입각한 문화개혁이라고 홍보하고 있다.

지금까지의 교육개혁이 교육정책 관료에 의한 국가주의와 시장원리 도입이라는 측면이 없지 않으나 그에 대한 긍정적 측면을 외면하고 있다. 혁신학교는 경쟁 자체를 부정하기 때문에 자기모순에 빠져 있으며 구조적인 결함을 가지고 있다. 과연 경쟁이라는 동력 없이 그것이 얼마나 지속될 수 있는지 의문이다.

혁신학교는 기획 주체가 교사라고 스스로 주장하지만, 실제는 좌파 교육감을 중심으로 모인 정책그룹이 담당하고 있다. 단위학교의 혁신에 초점이 맞추어져 있다고는 하지만 이 또한 기존 방식과 근본적으로 다르지 않다. 좌파 전교조 교육감들은 적어도 혁신학교를 현재 우리나라 교육문제 해결을 위한 대안으로 생각하고 있으며, 이 모델을 미래형 학교로 정착시키려 한다. 혁신학교에서는 종래와는 다른 '협력'이라는 방법으로 학생들을 배움의 길로 인도하고자 하며, 교사들의 자발성과 참여로 학교를 전체적으로 바꾸어 가고 있다고 자랑하지만 실제 학교 현황을 들여다보면 이를 인정하기 어렵다.

그들의 주장은 집단이기주의에 지나지 않으며 위장전술로 학생과 학부모를 현혹시키고 있으며 이는 한낱 구호에 지나지 않는다. 혁신학교가 추구하는 교육 내용은 그간 우리나라 교육정책에 여러 가지 형태로 반영해 온 것으로 결코 새삼스러운 것이 아니다. 다른 것이 있다면 학교 지배구조를 바꾸어야 한다는 것이다. 이것은 학교 운영권을 학교장에서 교사로 옮겨 가겠다는 것, 즉 교사의 학교 장악이라는 것을 제외하고는 다를 것이 없다.

그러함에도 군이 혁신학교라는 이름을 내걸어 한국 교육의 대안처럼 위장하여 홍보하는 데는 다른 정치적 의도가 깔려 있는 것으로 보인다.

학부모와 학생 반대로 무산된 혁신학교

충북 제천고가 2년 동안 추진하던 혁신학교 지정 계획이 학생과 학부모의 반발로 무산됐다. 혁신학교의 수업 방식이 진학에 도움이 되지 않는다는 우려의 목소리가 컸기 때문이다.

제천고는 "학생과 학부모들의 반발이 거세어 더 이상 혁신학교 추진이 어려워졌다"면서 "학교운영위원회 회의에서 혁신학교 신청 계획을 철회하기로 결정했다"고 밝혔다. 학부모에 이어 학생들까지 반대해 혁신학교 도입이 무산된 것은 처음인 것으로 알려졌다.

문재인 정부는 "공교육을 바로 세우고 창의적 · 민주적 인재를 양성하겠다"면서 혁신학교 확대를 국정과제로 내걸었다. 현재 전국 1만1,613개 학교 중 10%인 1,164곳이 혁신학교로 운영되고 있다. 지역마다 혁신학교를 부르는 이름은 다양하다. 제천고는 2015년 '행복씨앗학교 준비교'로 지정돼 연간 2천만 원의 지원금을 받아왔지만, 결국 혁신학교 신청 계획을 철회한 것이다. 학부모들은 대학 진학에 불리하다는 이유로 반대했다.

한 학부모는 "교과서와 문제풀이 위주 수업이 사라지면 대학 진학에 막대한 지장을 초래할 수 있다"면서 "혁신학교 효과가 제대로 검증되지 않은 상황에서 이런 변화는 학생들에게 혼란을 초래한다"고 말했다. 총동문회도 추진 반대 서명운동과 시위를 벌였다. 정근원 제천고 총동문회장은 "제천고가 과거 서울대에 수십 명씩 보내던 명문고인데, 진보 교육감의 실험 대상이 돼선 안 된다. 검증 안 된 교육정책 때문에 우리 후배들이 희생양이 되게 할 수 없다"고 말했다.

학교 측은 학생들의 의견을 물었다. 학생 대의원회가 주관한 찬반 투표 결과 1~2학년 학생 500명 중 반대 의견이 많았다. 이 학교 1학년 학생은 "제천고는 비평준화 학교라 중학교 때 성적이 좋은 아이들이 모여 내신 따기가 다른 학교에 비해 어렵다"면서 "이 때문에 학생 절반 이상이 정시를 목표로 수능 준비에 주력하는데 혁신학교의 수업 방식은 수능 공부에 방해가 될 것 같다"고 말했다.

혁신학교는 학교 구성원 간 갈등, 학력 저하와 사교육비 증가, 기본 생활습관 미숙과 안보의식 결여로 나타날 것이다. 교실은 붕괴되고, 학부모는 사교육비로 허리가 휘고, 세계 최저 출산이 이어지고, 아이들은 국가를 우습게 보고, 어른을 조롱하며, 잘못된 것에 대한 자기 책임은 없고 모든 것을 남의 탓으로 돌리는 극단적 이기주의자를 키우게 될 공산이 높다.

혁신학교는 교사의 경쟁, 학생의 경쟁을 배격하기 때문에 교원평가, 학생 학력평가를 반대하고 있는데다가 학생 생활지도를 자유방

임으로 하고 있어 대부분 혁신학교 학생의 학력은 전국 수준 하위
로 밀려나 있고, 버릇이 없고 준법정신은 낮으며 자제력이 부족하
고 투철한 국가관이 미흡한 인간을 배출할 수밖에 없다는 사실을
시민운동단체가 나서서 교육 수요자인 학부모에게 알려야 한다.

첫째, 혁신학교는 교육 본질 추구를 내걸지만 우리나라 실정에
비추어 가장 비현실적인 정책이다. 현실적으로 학교에 대한 학부
모의 일차적 욕구는 학력 신장인데 혁신학교는 입시 위주 교육,
지식 위주 교육을 해서는 안 된다는 것이 기본 입장이다. 따라서
혁신학교는 교육 공급자 위주로 진행하여 교육 수요자의 뜻에 반
하는 교육을 시도하고 있다.

둘째, 좌파 교육감들은 사교육을 비판하고 전인교육을 표방하
지만 실제는 사교육을 간접적으로 지원하는 정책을 쓰고 있다. 입
시 위주 교육 불가, 학생 간 경쟁 불가, 교사 간 경쟁을 금기시한
혁신학교는 결국 사교육 조장정책이 될 수밖에 없다.

셋째, 학교 교육의 위계질서를 파괴하는 무책임한 정책이다.
지금 우리나라 학교 교육이 표류하고 있는 가장 큰 이유는 학교
운영을 맡고 있는 학교장에게 권한은 주지 않고 책임만 지우려고
하기 때문이다. 선장에게 권한을 주지 않고 항해에 대한 책임을

지게 하겠다는 발상과 같다. 목적지를 향한 안전한 항해를 담보할
수도 없다.

넷째, 특정학교에 대한 특혜정책이다. 혁신학교가 교육적으로
그렇게 훌륭한 정책이라면 소수 학교를 골라 재정 지원 하에 시행
할 일이 아니라 우리나라 전체 학교에 시행하는 것이 옳다는 점을
강조해야 할 것이다.

제4장
친북 · 반미 깃발

■ "6 · 25, 누가 일으켰느냐가 문제 아니다"

전교조의 역사인식은 남북한 단독정부 수립이나, 광복 후 좌우익 대립에 대해서도 교과서와 차이를 드러낸다. 미국의 지원을 받는 이승만 등 우파 세력은 남한 단독정부 수립에 나서 분단 단독정부 수립으로 나아가게 되었으며, 그런 우파 세력과 미군정에 대한 저항운동으로 남한에서는 제주 4 · 3항쟁, 여순항쟁 등 인민항쟁, 야산 대투쟁 및 지리산과 오대산 등의 유격전쟁, 거의 하루도 빠짐없이 진행되었던 삼팔선 무력충돌과 같은 '작은 전쟁'이 일어났고, 이것이 결국 한국전쟁으로 확대되었다는 것이다.

브루스 커밍스 등 수정주의 역사학자들이나 그 아류인 강정구

등은 6·25전쟁을 대한민국 정부 수립을 전후한 시기에 있었던 공산 폭동(그들의 표현으로는 인민항쟁 혹은 작은 전쟁)의 연장선상에서 일어난 내전으로 자리매김하려 든다.

그러나 역사는 말한다. 6·25전쟁은 작은 전쟁의 연장선상에서 벌어진 내란이 아니라 북한 김일성이 군사적 수단에 의해 남한과 북한을 통일하려는 의지에서 구상하게 되었으며, 이를 스탈린에게 제의하여 동의를 얻고 이어서 중국의 마오쩌둥(毛澤東)의 동의에 의해 최종적인 합의에 도달함으로써 가능했던 침략 전쟁이 분명하다는 것이 이미 밝혀졌다.

한국전쟁을 가르치는 데 있어서 '남침이냐 아니냐' 하는 데에 교육의 초점을 맞추는 대신, 전교조는 '외세는 살찌고 민족은 초토화되었음'을 교육하려 한다. 6·25로 인해 미국과 일본의 자본은 엄청난 수혜를 받았으며, 이로써 미국 자본은 공황의 위험에서 완전히 벗어날 수 있었지만 그 대가로 한반도는 죽음과 파괴의 아수라장이 되었다는 것이다. 그런데 미·일 자본을 살찌게 한 나쁜 전쟁을 누가 일으켰는지, 그 아수라장을 누가 만들었는지에 대한 추궁은 없다.

《이 겨레 살리는 통일》은 사실보다는 관점이 중요하다면서 "기존의 체제 경쟁교육으로 일방적으로 주입되어 고정된 인식을 극복하여 사물의 진면목을 보기 위해서 역지사지(易地思之)의 태도, 상대주의적 관점, 입체적·총체적 관점에서 볼 것"을 강조한다. 서로의 다름을 차별이 아닌 차이로 이해하고, 남북의 이질성만 강화된 현실 인식에서 동질성을 확인하고, 나아가 이질성까지도 차이와 풍부함으로 이해하고 관용하고 존중하는 관점에서 북한 이해 교육이 이루어져야 한다는 것이다.

그러나 요덕수용소의 생존자인 강철환 씨는 말한다. 전교조가 말하는 '북한의 입장'이라는 것이 김정일 등 '북한 지배층의 입장'을 말하는지, 아니면 '북한 인민들의 입장'을 말하는지를 묻는다. 그들은 "주민 300만 명이 굶어 죽고, 곳곳에 정치범 수용소가 존재하는 나라라는 것을 알고나 그런 소리를 하는 것인가? 그런 사정들을 전혀 알려고도 하지 않는 사람들이 말하는 '북한의 입장'이란 '김정일의 입장'이지, 독재정권 밑에서 숨도 못 쉬고 죽어 가는 '북한 인민의 입장'이 아니다"라고 비판했다.

인천시 전교조 부지부장을 지낸 신 모 고교 교사가 자기 홈페이지에 자작시를 올렸다. "너무나 재수 없는 나라 대한민국" 그리고 "어린 소녀 죽인 미군에 표창장 주는 미친 나라"라는 구절이 있다. 그는 이 시뿐만 아니라 다른 시에서 '10년 안에 연방통일조국 건설'이라며 대남적화전략인 연방제를 선전했다. 이 시 속에는 악의에 찬 복수심으로 반미사상을 부추기고 있다.

◼ 북한 중심의 편향된 역사 기술

통일부 역시《이 겨레 살리는 통일》을 면밀히 분석한 결과 북한 중심 및 반외세적 시각에 바탕을 둔 내용을 담고 있는 등 정부의 통일교육 방향과 배치되는 객관성과 균형성이 부족한 기술이 다수 존재한다고 지적했다. 아울러 정부의 통일교육 방향은 헌법이 추구하는 가치체계 속에서 추진되어야 하며, 통일교육 지침서는 '자유민주주의에 바탕한 국가'를 통일국가의 미래상으로 제시해야 한다고 강조했다. 즉 단순한 절충형 통일이 아닌 인간의 존엄과 가치를 실현할 수 있는 인류 보편적 이념인 자유와 평등, 인권, 자유민주주의 등에 바탕을 둔 통일국가 건설이 중요하다는 것이다.

통일부는《이 겨레 살리는 통일》에서 견지하고 있는 미국 등 주변 국가에 대한 시각에도 문제가 있다고 지적했다. 그들은 미국 등 외세를 한반도 분단과 전쟁의 원인 제공자 및 냉전체제를 유지하고 통일을 저해하는 세력으로 이렇게 기술하고 있다. "한반도의 평화체제 구축에 키를 쥐고 있는 미국은 한반도 평화체제 구축에 소극적이다."

전교조 통일 교재는 자신의 세계 전략을 실현하기 위해 한반도의 운명은 고려하지 않고 전쟁까지 감행하려는 미국을 규탄하고, 북한에서 굶주림으로 아사자가 발생한 것이 마치 미국의 경제

봉쇄 때문인 것으로 묘사하고 있다. 그리고 '우리 주변의 전쟁과 분단의 피해자'를 조사하는 기초 안내 자료로 미군 양민학살사건, 주한미군 범죄 및 군사훈련, 미국의 고엽제 살포 등을 제시하고 있고, 특별활동 교육 자료로 제시된 통일놀이 중 '38선놀이'는 외세를 통일의 방해세력으로 설정하고 있다.

▨ 진보는 통일세력, 보수는 분단세력

통일정책과 관련해서 우리 사회에는 잘못된 인식이 하나 있다. 진보는 통일세력이고 보수는 분단세력이라는 오해가 그것이다. 하지만 1990년대 이후 한국의 진보 진영은 더 이상 통일세력이라고 할 수 없다. 그들은 말로는 통일을 외치지만 실제로는 김정일 정권과의 공존을 지상목표로 하고 있다. 지난날 이승만 중심의 건국세력은 '선(先)건국, 후(後)통일'을, 그리고 박정희 중심의 근대화 세력은 '선건설, 후통일'을 주장했다.

이들은 목표로서의 통일을 부인하지는 않았지만 그것을 먼 훗날의 목표로 설정했다. 남한이 북한에 경제와 군사면에서 뒤진 상태에서는 통일보다 국가건설이나 경제발전이 먼저라는 것이 이들 주장의 요체였다. 반면 민주화 세력은 통일을 최우선 과제로 삼았던 것이다. 통일 없이는 경제발전도 민주화도 한계가 있을 수밖에 없다는 주장이었다. 이러한 배경을 외면한 통일 우선론자들은 건국 및 근대화 세력을 반(反)통일론자로 매도한다.

역사는 흘러가는 것이고 흘러간 역사를 보면 누구의 판단이 옳았는지 가려진다. 1990년대 들어 통일에 대한 보수와 진보의 입장이 뒤바뀌고 말았다. 동독과 소비에트연방이 무너지면서 모든 것이 판가름 났다. 냉전이 자본주의 진영의 승리로 끝났고, 정치·경제발전 모두 남북한 사이에서 우열관계가 역전되었다. 이제 진보세력보다 보수세력이 통일에 대한 자신감을 갖게 되었으며, 통일에 대해 보다 적극적인 태도를 취하기 시작했다.

일각에서는 봉쇄를 강화해 북한을 더욱 고립시킴으로써 궁극적으로 붕괴를 통한 통일을 이루자는 주장도 등장했다. 이러한 붕괴흡수론은 1990년대 중반 북한이 심각한 경제 위기에 봉착했을 때 힘을 얻었고, 북한이 핵 도발을 지속함으로써 아직도 그 추진력을 잃지 않고 있다고 본다.

하지만 보다 합리적인 보수세력은 급속한 통일 추진이 가져올 부작용을 우려해 점진적인 통일 방안을 주장한다. 그들은 북한 붕괴까지 고려하고 있지는 않지만 김정일 정권의 성격을 '정상화' 시키지 않고는 북한에 어떠한 의미 있는 변화도 기대하기 어렵다고 본다. 김정일 정권과의 무조건적 화해 협력보다는 그것의 취약점인 민주주의와 인권 문제 등을 꾸준히 제기해 정권의 성격 변화를 유도해야 한다는 것이다.

한편, 남북한 사이의 우열이 뒤바뀌자 통일 우선주의를 주장하던 진보세력은 딜레마에 빠지고 말았다. 남한이 압도적 우위에 선 상태에서 통일 우선을 계속 주장하는 것은 자칫하면 남한 주도의 흡수통일론에 동조하는 것이 되고, 그렇다고 자신들이 계속 주장해 오던 통일의 깃발을 하루아침에 내릴 수도 없게 되었다. 이에 그들은 구호로서의 통일은 계속 외치지만 실제로는 통일은 나중 문제이고 남북간의 화해와 협력을 통한 장기 공존이 우선이라는 '선공존, 후통일'의 2단계 통일론으로 돌아섰다.

이러한 변신의 완성이 '햇볕정책'이다. 진보세력은 이러한 변신을 감추고 합리화하기 위해 자신들의 노선을 '민족공조론'이나 '평화론'으로 포장하고, 보수세력을 친미 사대주의자 아니면 전쟁론으로 몰아붙이고 있는 것이다. 이제 진보세력은 더 이상 통일 지향세력이라고 할 수 없다. 오직 김정일 살리기 세력일 뿐이다.

▓ 반전 수업자료와 선군정치 포스터

서울대 사회발전연구소 조사를 보면, 미국에 거부감을 느끼는 국민 비율이 42%로 몇 년 사이에 2배로 늘었다고 한다. 전교조가 홈페이지에 '50문 50답'이란 이름으로 올려놓은 "이라크전에서 퇴각하는 이라크 군인 6,000명이 미군 탱크에 의해 생매장됐다." 또 "걸프전 후 이라크 암환자가 700% 늘었다"는 '반전 수업자료집'을 보면 반미 여론이 확산될 수밖에 없었다.

전교조는 '반전 퀴즈'에서 80점 아래로 받은 학생은 "겉은 한국인이지만 실제로는 미국인일 가능성이 많은 사람"으로 부끄러운 느낌을 갖도록 유도하는 교육을 하고 있다. 물론 미국에 대해 비판적 생각을 가질 수도 있고 APEC 반대 집회가 우리나라에만 있는 것도 아니다. 그러나 설령 교사가 그런 생각에 공감한다고 하더라도, 어린 학생들을 가르칠 때는 자신의 고정관념을 주입하기보다는 균형 있는 판단을 할 수 있도록 돕는 것이 교사로서의 최소한의 윤리다.

전교조 서울지부는 홈페이지를 통해 북한의 선군(先軍)정치 선전 포스터 등을 학급 게시물로 권장했다. 전교조는 "이북의 정치·군사체제를 상징하는 하나의 참고 자료일 뿐이다. 고무 찬양하는 내용은 어디에도 없을 뿐만 아니라 그런 의사도 없다"고 밝혔다. 그러나 '선군정치의 위대한 승리 만세'라고 쓰인 포스터를 교실 벽에 붙여 놓고 그런 변명이 가능할까? 사실 전교조 자료실 게시판에 "선군정치는 주체혁명 완성"이라는 글과 일반 게시판에 "김일성 주석 노작 연구해야 한다"는 글이 북한 주장 그대로 실려 있다. 전교조가 만들어 낸 책이나 전교조 홈페이지 게시판은 친북·반미 일색이다. 그 사례는 다음과 같다.

"선군정치는 김정일 국방위원장이 '영원한 수령'인 김일성 주석이 개척하고 전진시킨 주체혁명 위업의 완성을 목표로 하는 정치방식이다."

"미국이 인위적으로 한반도의 긴장을 격화시키고 있으며, 북에 대한 고립과 압박을 시도하고 있다."

"이북의 핵무기 보유 및 생산을 민족 자주권 수호 차원에서 보아야 한다."

"반미·반전 평화 투쟁을 조직·전개하고 이를 주한미군 철수 투쟁으로 발전시켜야 한다."

"국가보안법을 완전 폐지시키고, 친미 수구세력들을 척결하기 위한 민주개혁 투쟁을 완강하게 벌여 나가야 한다."

"현재의 대한민국은 미제의 식민지 지배와 그로 인해 강요된 조국의 분단이다."

"연방제 통일국가 건설에 합의하여 통일전선정부를 세우는 것은 세계 정치사에서 그 유례를 찾을 수 없는 전혀 새로운 형태와 내용의 정부를 창조하는 대사변이다."

🔲 선군정치 선전물, 의식화 자료로 활용

홈페이지에 북한 선군정치 선전물을 올린 전 전교조 서울지부 통일위원장 최 모 교사(서울 M중학교)와 김 모 교사(서울 C중학교)가 국가보안법상 이적표현물 제작·반포 혐의로 경찰에 구속된 바 있다. 선군정치는 모든 것에 군이 우선한다는 북한의 세뇌정책 중의 하나다. 서울경찰청에 따르면, 이들은 2005년 2월부터 전교조 서울지부 인터넷 홈페이지에 선군정치를 찬양하는 내용이 담긴 포스터 등 북한이 제작한 선전물을 게재했다고 한다.

입수된 문건에는 학생들이 교사에게 북한에 대해 질문하는 문항 30개와 질문에 교사들이 답변할 내용 30개가 요약·정리되어 있다. 내용은 중학교 2학년생을 대상으로 하고 답변은 대부분 미군 철수와 선군정치를 찬양하는 북한 주장을 그대로 담고 있다. 학생의 질문에 대한 교사의 모범답안을 보자.

질문 왜 북한이 핵무기를 만들려고 하나요?

답변 미국이 핵 선제공격 협박을 하는 상황에서 자위적인 핵 억지력을 보유하는 것은 (북한의) 정당한 권리다.

질문 김정일은 자신을 지지하고 존경하도록 북한 현지 주민들을 세뇌한 것이 아닌가요?

답변 한국도 자본주의, 자유민주주의가 공산주의, 사회주의보다 우월하고, 미국은 우월한 존재이고 주한미군 주둔은 당연한 것이라고 세뇌교육을 시켜왔다. 북한 교육체제를 한마디로 세뇌라고 폄하할 수 없다.

질문 북한이 핵미사일로 무장하면 군사 강국 아닌가요?

답변 북한의 주적(主敵)은 미국이어서 군사력을 강화시킬 수밖에 없고, 남침 가능성 논리는 주한미군 주둔을 정당화하려는 미국과 수구 반공세력의 국민 세뇌의 결과다.

이처럼《통일학교자료집》에는 북한 체제를 교묘하게 정당화하고 북한 체제 찬양을 유도하는 형식을 취하고 있다. 공안당국은 이 같은 질문과 답변이 적힌 문건이 이적성이 있다고 판단해 구속영장을 청구했으며, 법원도 이를 인정해 교사들을 구속했다.

전교조의 반미 성향은 감정적 수준이 아닌 이데올로기적 반미주의다. 전교조가 주한미군 철수를 주장하는 것은 미군기지 주변의 환경오염, 주한미군 범죄, SOFA의 불평등성, 전시작전통제권 등 표면적 이유 때문이라기보다 이 같은 이데올로기적 반미주의에서 도출되는 것이라고 볼 수 있다. 한국은 미국의 식민지배 상태에 있으므로 민족 공조를 통해 한국을 해방시켜야 한다는 논리다. 즉 "한미 공조 깨부수고 자주적 통일을 이루자"는 것이다.

전교조는 2003년 1월《문답으로 알아보는 북핵 위기의 본질과 반전 평화운동》이라는 자료집을 발간했다. 이 자료 또한 한국과 미국의 입장보다 북한 정권의 시각에서 북핵 위기를 바라보고 있다. 문답 형식으로 된 이 자료 말미에는 현직 교사가 쓴 '전쟁광 미국에게 경고한다'라는 글도 함께 실렸다. 이 자료는 북핵 위기가 발생하게 된 책임이 미국 측에 있다는 뉘앙스를 풍기고 있다.

전교조가 발간한 친북 · 반미 성향 교육자료의 배경에는 물론 친북 · 반미 성향 교사들이 자리하고 있다. 이들은 1980년대 운동권 활동을 했던 사람들이다. 언론 보도에 따르면, 전대협과 한총련은 학생운동에서 노동 · 농민 · 빈민운동 등 사회활동으로 전환하는 이들을 교육시키는 '투신(投身)팀'을 운영했다는 증언이 나오고 있다. 당시 주사파 운동권은 교사가 될 교대와 사대 출신들을 모아 사상교육을 시키며 조직적으로 좌파 교사를 양성했다고 한다. '투신팀'은 전대협과 한총련의 공개 조직이 아닌 지하 조직으로 활동해 외부에 잘 알려져 있지 않지만, 최근 나타나는 전교조 이념 성향의 씨앗과 같은 역할을 해 왔다는 것이 증언자들의 이야기다.

전교조 교사들이 만든《이 겨레 살리는 통일》과《살아 있는 한국사 교과서》그리고 숱한 '공동수업 자료'가 쏟아져 나오고 있다. 하지만 당국은 구경만 한 채 사후약방문격으로 훈계만 하고 있다.

"해방 후 북한에서는 사회주의 혁명이 성공해 모든 구악이 해소된 반면 남한은 부패와 갈등의 온상이 되었으며, 한국전쟁을 누가 일으켰는지는 중요하지 않다"며 미국을 철천지원수처럼 묘사하고 있는 이들 자료가 북한 교과서나 북한의 주장과 무엇이 다른가? 이런 사관을 가진 교사들에게 역사를 배운 학생들은 우리나라를 근본적으로 병들고 썩은 나라로 혐오하게 될 것이고, 이들에게 건전한 국가관이나 애국심을 기대하기는 어려울 것이다. 나아가 자기 자신에 대해서도 피해의식과 자괴감을 갖게 될 것은 뻔한 일이다.

"통일이 되면 북한에는 핵무기가 많아 우리나라가 강대국이 되어 좋아지고, 땅이 넓어져서 우리나라를 얕보는 일이 없게 되어 더욱 발전할 것이다." 이는 전교조가 2001년 6월 펴낸 교사용 통일교육 교재《이 겨레 살리는 통일》에 실린 한 초등학생의 글이다. 2000년 전교조 소속 교사로부터 통일교육을 받은 뒤 이 글을 제출했다고 한다. 북한이 핵실험을 하기 훨씬 전에 작성된 글인데도, 대체 교사가 뭐라고 가르쳤기에 아이는 북한이 핵무기를 갖고 있는 것으로 잘못 알고 있는 것일까? 그리고 보면 2006년 10월 북한의 핵실험 직후 '핵무기 보유로 우리도 강대국이 됐다', '민족의 자긍심을 높인 경사스러운 날' 따위의 글이 인터넷 게시판에 올라온 것도 결코 우연이 아니다.

대한민국의 이념은 헌법에 규정된 자유민주주의다. 이 땅의 어느 누구도, 심지어는 대통령도 이 이념에서 자유로울 수 없다. 교육 역시 이러한 자유민주주의 이념의 테두리 안에서 실시되어야 한다. 초·중·고교 교사는 국가와 사회가 허락하지 않는 이념교육을 할 권리는 물론 자유도 없다. 사회가 허용하는 이념의 경계선을 확인이나 하려는 듯 아슬아슬 넘나드는 전교조의 소위 '계기수업'은 즉시 중단되어야 한다.

❊ 효순·미선 촛불시위와 광우병 촛불집회

미군이 작전 수행 중 교통사고로 사망한 여중생을 좌익혁명 도구로 이용하여 전국적으로 반미 촛불시위가 벌어졌다. 학생을 대상으로 한 감상적인 반미 교육이었다. 다음은 학생들에게 가르친 시다.

대~한민국·1

백주 대낮에
그냥 길을 걸어가다가
남의 나라 장갑차에 깔려 죽는 나라
대~한민국
앞서거니 뒤서거니
친구 생일잔치 가던 우리 딸 효순이, 미선이

둘이 한꺼번에
미국 놈 장갑차에 깔려
두개골이 부서지고
내장이 터져서 죽는 나라
대~한민국(중략)

우리나라 안에서
다른 나라 놈이 쏜 물대포에
우리나라 사람이 맞아 쓰러지는 나라
대~한민국

그런데 그놈들에게
거꾸로 표창장을 주는 미친 나라
대~한민국
태어난 게 너무 재수 없는 나라
대~한민국

나라도 아닌 나라
대~한민국
아 씨발,
대~한민국

전교조는 2008년 5월 '미친 소 · 미친 교육 · 미친 망언 몰아내자'는 구호 아래 미국산 소고기를 치명적 독극물인 양 선동하고, 5월 초부터 미친 소 수입 반대, 4 · 15공교육 포기조치 철회 촛불문화제를 개최하며 촛불집회에 어린 학생들을 조직적으로 참여시켜 왔다. 그리고 촛불시위 참가를 성적에 반영하였는데 1회 참석하면 5점, 2회 참석하면 10점씩 가산점을 주는 사례도 발견되었다.

"광우병 걸린 소 먹으면 뇌송송 구멍탁, 그냥 죽는 거야. 0.0001g만 먹어도 다 걸리고, 여친이랑 키스해도 걸리고 기도로도 걸리고, 접촉해도 걸리고, 광우병 걸린 소 파묻은 땅에서 난 채소를 먹어도 걸리고, 더구나 미국산 소고기 먹으면 100% 광우병 걸려, 미국 소는 미친 소거든. 다 광우병 걸린 소고기야. 나라가 그런 걸 수입한다고 했는데, 고등학생이 돼서 학교에만 있는다고? 죽으면 다 끝이야. 촛불집회 나가야지.' (중략) 촛불집회 참석하는 거 수행평가 점수 반영할 테니까 가서 나누어 주는 팸플릿이랑 초 들고 오고, 전경차 옆에서 사진 찍어오면 플러스 점수 준다."

한미 FTA는 노무현 정부에서 시작된 것인데 매듭을 짓지 못한 상태에서 이명박 정부로 정권이 이양되었다. 그러자 FTA를 추진하던 사람들은 하루아침에 얼굴을 바꾸어 FTA 협정이 체결되면 나라가 망할 것처럼 난리를 피웠다. 드디어 FTA가 체결되자, 미국산 소고기가 들어오면 우리 아이들이 광우병으로 죽는다고 광화문 광장을 꽉 메우며 발광을 떨었다. 그러나 FTA는 체결되었고, 그 결과는 미국보다 한국에 유리한 협정이라는 것이 여러 가지 증거로 밝혀졌다. 트럼프 정부가 들어서면서 미국 정부는 한국 정부에 수정을 요구하고 협정 폐기를 들먹이고, 한국 정부는 뾰족한 대책 없이 전전긍긍하고 있다. 트럼프는 안보에 대해 어깃장 놓는 문재인 정부를 FTA로 버릇을 고치겠다는 심사로 읽혀진다.

문재인 정부는 이명박 정부가 체결한 FTA가 한국에 유리한 협정으로 그간의 공로를 인정하고 이를 극렬하게 반대했던 지난날의 과오에 대해 먼저 사과하는 것이 도리라 생각한다. 국익이 무엇인지를 한미 FTA 재협상을 통해서 생각하게 하는 계기가 되었으면 한다.

전교조 교사들은 광우병 촛불집회에 갔다 온 학생들에게 성적을 올려주면서 선동한 결과는 무엇인가. 이렇게 한국에 유리한 FTA 협정을 반대했던 사람들이 전에는 효순이 미선이를 위해 촛불을 들었고 이제는 세월호 희생자를 위해 촛불을 들었다.

촛불정치를 직접민주정치라고 하는 무식한 사람도 있다. 직접민주정치란 국민투표, 국민소환을 말하는 것이지 촛불을 의미하는 것은 아니다. 오늘의 민주정치는 대의민주정치다. 국민의 대표인 의회를 위해서 하는 것이 원칙이다. 대의정치를 빗나가려는 시도는 비정상적인 것임을 알아야 한다.

김정일 우상화 교육

OX 퀴즈를 통해 요구하는 정답은 주체사상과 김정일에 대한 긍정적인 반응이다. 특히 김정일이 북한의 새로운 문화예술 장르로서 가극 '피바다'를 만들기도 했다고 소개까지 한다. "북한의 지도자 김정일은 컴퓨터를 못 한다"는 문제를 내어 정답으로 X를 요구하고 있다. 사실 여부를 떠나 김정일은 컴퓨터를 잘 한다는 것을 강조하고 있다.

"북의 조선노동당 규약에는 노동당이 이 사상에 의해 지도된다고 밝히고 있습니다. 또한 1998년 9월 개정된 북한 사회주의 헌법 3조에서도 이 사상이 국가 활동의 지도적 지침임을 명시하고 있다고 하는데요, 문제입니다. 당과 국가의 지도이념이자 정치, 외교, 경제, 사회, 문화, 군사 등 북의 전반을 규율하는 통치이념인 이 사상은 무엇일까요?"(답은 김정일 주체사상)

"김정일 국방위원장은 김일성종합대학 경제학부 정치경제학과를 졸업했으며 영화, 연극, 음악에 관심이 많았으며 탁월한 능력을 보여 주었습니다. 그는 피아노, 바이올린 등 다루지 못하는 악기가 없을 정도입니다."(답은 O)

《이 겨레 살리는 통일》 교재를 보자. 미국의 지원을 받는 이승만 등 우파 세력은 친일세력을 온존시켜 남한 단독정부 수립에 나서 분단 단독정부 수립으로 나아가게 되었고, 북한은 친일세력을 청산하고 토지개혁에 나섰다고 하는 등 대한민국은 태어나서는 안 될 나라인 양 설명하고 있다.

한반도를 분할 점령한 미국과 소련은 각각 자신에게 유리한 정부를 세우려고 하였다. 미군은 건국준비위원회가 급히 선포한 조선인민공화국은 물론 중경에 있던 대한민국 임시정부 등 한국인이 자주적으로 만든 그 어떤 기구도 주권기관으로 인정하지 않고 바로 군정을 실시했다. 그리고 조선총독부의 행정기구와 조선인 관리를 그대로 인계받아 운영하여 친일파를 온존시켰다. 그러나 38선 이북에서 일본군의 항복을 받고 행정권을 이양받은 소련군은 일본의 군인, 경찰관, 행정관을 억류하는 한편 친일세력을 제거하고 공산주의자들을 중심으로 하는 인민위원회를 각 도마다 결성하여 행정권을 이양하였다. 그래서 북쪽에서는 인민위원회에 의한 토지개혁과 친일파 청산의 기반이 형성되었다.

남한에서는 우파 세력과 미군정에 대한 저항운동으로 제주 4·3항쟁, 여순항쟁 등 인민항쟁, 야산 대투쟁 및 지리산과 오대산 등의 유격전쟁, 거의 하루도 빠짐없이 진행되었던 38선 무력충돌과 같은 '작은 전쟁'이 일어났고, 이것이 결국 한국전쟁으로 확대되었다고 설명하고 있다. 분단은 외세와 남한만의 단독정부를 세운 친일파에 의해 야기된 것이고 통일을 방해한 외세는 바로 미국이라는 것이다.

책자에서 현행 통일교육은 북한 체제를 부정하고 자유민주주의 체제로의 통일(결국 흡수통일)을 지향하며, 북한 사회를 여전히 적대적·부정적으로만 인식하고 있다고 비판한다. 대한민국의 자유민주주의를 부정하고 북한의 연방제 통일을 주장한다. 대한민국 헌법 제4조에 명시돼 있는 자유민주주의 체제로의 통일을 부정하고, 북의 체제와 사상을 수용하는 연방제 통일안을 교육해야 한다는 것이다.

북의 위협에 대해 경계심을 높이자는 현 안보교육은 북을 긍정하자는 민족화해교육과 충돌할 수밖에 없다고 하면서 미국이나 주한미군에 대한 비판을 용공, 친북으로 간주하는 의식을 극복하지 않고는 남북 화해와 평화통일은 진전될 수 없다고 주장한다. 미국이 일제로부터 우리 민족을 해방시켰고, 대한민국을 유엔 승인 아래 유일한 합법정부로 탄생시켰으며, 한국전쟁 때는 공산침략으로부터 우리나라를 지켜 준 나라라는 시각에 근본적인 문제가 있다는 것이다.

"한국은 군사주권을 갖고 있지 못하다. 한국전쟁 중 미국에 군사작전권을 넘겨줌으로써 1994년에야 평시작전권을 한국군에 넘겨주었으나 전시작전권은 여전히 미군이 갖고 있다. 군사주권을 남의 나라에 50년 이상 맡기고 있는 나라는 없으며, 그것은 한국의 존엄성을 훼손하는 부끄러운 일이다"라고 강변하고 있다

빨치산 간첩 추모제 참가

2005년 5월 순창 회문산에서 열린 빨치산 추모행사 '남녘 통일 애국열사 추모제'에 전북 관촌중 학생 180명이 전교조 교사의 인솔 하에 참여했다. 전야제 행사에서는 "북한 조선노동당 창건 60주년을 맞아 북으로 가자"는 등 극렬한 반미·친북 주장이 쏟아졌다. 경남지역 빨치산 출신 박순자는 "죽은 동지들은 외세를 반대해 투쟁했다"며 "해방 60돌, 당 창건 60돌, 6·15 5돌인 올해 우리는 손에 손을 잡고 북으로 간다. 통일은 다 됐다"고 말했다.

학생들은 당시 전야제 무대에서 미국의 이라크전쟁에 반대해 반전 배지를 전국에 배포했다며 전쟁 없는 세상은 통일된 나라라는 생각에서 통일운동에 나서게 됐다고 발표했다.

학생들은 빨치산 추모제에 참여해서 박수치고 표창을 받았다. 학교 홈페이지에 "정말 뜻 깊은 행사에 참여해 애국열사님들을 보면서 내 평생 가지고 갈 신념이 머릿속에 들어왔다"라고 썼다. 또 행사에 다녀온 학생들은 인터넷 카페에 "미국넘들아, 평화롭게 살려는 우리를 건드리지 마라. 한반도에서 미국이 일으키려는 전쟁을 온몸으로 막아내겠다"는 글을 올렸다.

제5장
영혼을 좀먹는 공동수업

국가를 부정하는 세뇌교육

경기도 부천시 S고등학교 학부모 140명은 경기도 교육청에 전교조 교사를 처벌해 달라는 진정서를 냈다. 학부모들은 진정서에서 "전교조 소속 몇몇 교사들이 수업시간에 감수성이 예민한 학생들을 대상으로 편향된 가치관 교육에 치중하고 있다"고 했다.

학부모들은 "전교조가 학교운영위원회와 학교 조회 때 국민의례인 국기에 대한 경례를 거부하고 수업시간 중에 군대에 가지 말아야 한다는 취지의 교육을 하고 있다"고 하면서 "전교조 교사의 이런 행위는 학생들에게 혼란을 야기하고 바람직한 학습권이 침해될 우려가 있으니 필요한 조치를 취하고 합당한 처벌을 해 달라"고 경기도 교육청에 요청했다.

학부모들은 "전교조는 수업 중 학생들에게 국기와 국가를 부정하는 세뇌교육을 하고 있으며" 또 "이순신 장군은 조작된 위인인데 온 나라 사람들이 그를 숭배하는 것은 잘못이다"라는 등 우리역사까지 부정하고 있다고 말했다.

한 3학년 남학생은 "선생님께서 수업시간에 '국기에 대한 경례는 민족에 대한 충성을 강요하는 것인데, 우리가 민족에 충성할이유가 있는가? 난 경례하지 않는다'고 말했다"면서 "남북통일을앞둔 시대에 군대에서는 살인 기술과 복종의 문화만 배우기 때문에 되도록이면 안 가는 게 좋겠다"라고 이야기했다고 한다. 또 어떤 학생은 전교조 소속인 이 학교 교사가 고3 수업시간에 "같은민족과 총을 겨누고 싸우는 군대에 절대 가면 안 된다"고 말했다고 밝혔다.

전교조의 행위는 여기에서 그치는 것이 아니다. 아이들과 윷놀이를 하자면서 윷놀이판에 '국가보안법'이라고 적힌 자리를 만들어 놓고, 학생들에게 "보안법 위반 혐의로 수배 중인 친구를 숨겨주고 밥을 사주면 보안법의 무슨 혐의로 걸리나?"라는 퀴즈를 내놓기도 한다. 전교조는 어린이날 아이들에게 읽히는 동화 자료에"빨치산이었던 춘자네 아버지는 경찰에 끌려가 죽고, 송서방 아저씨는 인민군 부역자라고 해서 너무 많이 두들겨 맞아 미쳐서 발가벗은 채 온 동네를 뛰어다니다가 행방불명이 되었다"라는 이야기까지 실어 놓았다.

자기방어적 사고능력이 없는 아이들에게 자신들의 편견과 증오와 고정관념을 심어 세상을 비뚤게만 보게끔 가르치는 것은 범죄나 다름없다. 우리 사회는 이미 교사로 위장한 전교조 교사들이 주입시킨 이념의 독을 해독시키기 위한 많은 비용을 지불해야만 한다. 전교조 의식화 교육을 받은 세대들이 이제 30대뿐만 아니라 40대 주류를 이루고 있다.

증오를 가르치는 가치관 교육

사회적 풍토에 따라 세상을 보는 눈이 달라지고, 성장과정에서 길러진 세계관의 차이가 개인적 삶의 방향을 결정해 준다. 청소년 시절에 어떤 가치관을 갖느냐 하는 것은 남은 인생 상당 부분을 좌우한다. 건강한 열정과 어두운 열정, 창조적 상상력과 파괴적 상상력 가운데 어느 쪽을 택하느냐에 따라 공동체의 운명에 영향을 미친다. 아이들의 가치관은 주로 가정과 학교에서 만들어진다. 그래서 선생님들의 역할이 더욱 중요하다.

우리 자녀들이 전교조에 의해 계층적 증오에 바탕을 둔 잘못된 가치관의 포로가 되고 있다. 내 자식이 이상한 교육으로 오염된다는 것은 생각만 해도 끔찍하다면서 교육이민을 가겠다는 사람들이 늘고 있다. 박정희 경제개발은 군사독재 연장 수단이고, 김일성 정적 숙청은 사회주의 가꾸기로 평가하는가 하면, 새마을운동은 유신체제 정당화 수단이고, 천리마운동은 경제건설로 가르친다. 도대체 지금 정부가 있는지, 우리 아이들을 누가 지켜 줄 것인지, 어떻게 이런 교재를 만들 수 있는지 이해가 가지 않는다.

지금 전교조가 만든 교과서가 우리 교육의 근간을 흔들고 있다. 전교조들이 만든 교과서가 역사를 왜곡해서 아이들을 병들게 하고 있는 것이다. 한국 근현대사에 대한 우리 역사 교과서의 왜곡·비하가 심각한 수준이다.

좌파 성향의 역사관을 가진 사람들이 모여 만든 교과서는 한결같이 정부수립을 단독정부에 찬성하는 특정 세력에 의한 집권 사건 정도로 평가절하하고 있다. 현행 중·고교 근현대사와 사회교과서 저자들이 통일 지향과 분단사적 관점에 심취된 좌익세력이기 때문에 비뚤어진 시각으로 교과서를 만들었고 정부가 이를 인정해 주었다.

좌익들의 시각으로 분단 역사를 강조하다 보니 이승만보다 여운형에게 지면을 지나치게 할애했고, 6·25전쟁을 민족적 관점에서만 기술하고 자유민주주의 수호라는 측면은 도외시하였다. 강정구가 말한 6·25를 통일전쟁으로 본 것도 이런 관점이라고 할 수 있다. 박정희 시대의 고도성장은 깎아내리고 반공독재, 빈부격차 같은 부작용만 부각하였으며, 삼청교육대는 가혹하게 비판하면서도 북한의 참상과 열악한 인권 상황은 언급조차 하지 않고 있다.

경제발전의 토대인 한미동맹에 관한 언급도 없고, 특히 이승만의 국가건설 노력이나 박정희의 경제개발 노력은 정권의 정당성 확보 차원으로 폄하하면서 김일성의 반대파 숙청은 권력욕이 아닌 '우리식 사회주의 가꾸기'로 쓰고 있다. 심지어 교과서에 역대 대통령들의 단독 사진은 없어도 북한 통치자들의 웃는 얼굴 사진은 실려 있다.

🟦 대한민국을 폄하하는 교육

노무현식 코드 대 비코드, 보수 대 진보, 가진 자와 없는 자의 이분법이 교과서에도 그대로 반영되어 있다. 해방 전후 좌익과 우익으로 편을 가르던 '민주 대 반민주', '통일 대 반통일', '독재 대 반독재' 등의 단순 이분법이 역사교과서를 지배하고 있다.

교과서 내용을 보면 우리 학생들에 대한 역사 · 사회 · 정치교육이 매우 우려된다. 대한민국의 산업화는 '왜곡된 근대화'로 폄하하고, 실패한 북한 체제에 대해서는 우호적 · 중립적으로 접근하는 등 사실을 왜곡해 학생들에게 가치관의 혼란을 불러오게 만들었다. 새마을운동은 "박정희 정부의 유신체제를 정당화하는 데 이용되기도 했다"고 하면서 북한의 천리마운동에 대해서는 "1950년대 후반과 1960년대 전반에 걸쳐 사회주의 경제건설에 큰 역할을 하였다"고 후한 점수를 주고 있다.

이승만 정부, 박정희 정부, 한국의 삼청교육대 등 한국 현대사는 신랄하게 비판하면서 정치범 수용소, 인권 탄압, 실패한 경제 등 북한의 문제점에 대해서는 침묵하고 있다. 누가 보아도 왜곡됐다는 비판을 피하기 힘들게 만들어져 있다.

교과서는 국가가 정한 공식 교재다. 그리고 헌법의 기본 이념인 '자유·민주·인권'이라는 보편적 가치를 가르쳐 성숙한 시민을 육성하는 데 기본 목표가 있다. 그렇기 때문에 교과서는 교육과학기술부, 한국교육과정평가원이 국·검인정으로 결정한다. 심사기준은 헌법정신 일치, 내용의 보편타당성 등 네 가지다. 헌법정신에서는 대한민국 체제를 부인하거나 비방하는 내용, 특정 국가·종교, 계층을 부당하게 선전·대우하거나 왜곡한 점을 심사한다. 그런데 헌법정신에도 어긋나고 보편타당성도 떨어지는 교과서들이 어떻게 심사를 통과했는지 의심스럽다. 결국 좌파 정권의 이념에 편승해 이런 교과서들이 심사를 통과한 것이다.

노무현 정부가 들어선 이후에는 교과서 제작에서 주로 편향적인 색깔 논쟁이 주류를 이루었다. 기업, 시장경제에 대해 부정적

으로 쓴 경제교과서가 반기업·반시장 정서의 주요 원인이 되고
있다. 대한민국을 폄하하고 부정하는 교과서로 교육을 받은 미래
세대가 어떻게 성장해 나갈지 참으로 걱정이다. 국민이 혈세를 내
서 그 돈으로 좌파 홍위병을 길러 내고 있으니 이를 바로잡지 못
하면 대한민국의 미래는 암담할 뿐이다.

▨ '공동수업'이라는 이름의 계기교육

우리는 흔히 학교에서 좌편향 국사 교과서나 국어, 사회, 윤리
교과서를 염려한다. 그러나 이보다 더 위험하고 폭발력을 가진 것
이 공동수업이라는 이름으로 진행되고 있는 계기교육과 체험활동
이다. 교과서는 특정 교과에 한한 문제이지만 공동수업은 교과를
가리지 않고 모든 전교조 교사들이 총동원되고 있으며, 자의적으
로 자료를 스스로 제작하거나 남의 자료를 인용 활용하고 있기 때
문이다.

학교 교육에서 사회적 현안 등 교육과정에 제시되지 않은 특정
주제에 대한 학생의 바른 이해가 필요한 경우 단위 학교에서 주제
별·상황별로 적절한 방향을 마련하여 계기교육을 실시하는 것은
바람직한 것이다.

계기교육이나 체험학습이 아닐지라도 교사가 살아오며 경험한 것들과 삶에 대한 가치관 등은 교사가 구체적으로 가르쳐 주지 않더라도 따라 배우고 행동하기 마련이어서 암암리에 자라나는 청소년의 가치관에 영향을 미칠 수 있으므로 이런 잠재적 교육과정에 대한 대책도 필요하다.

교육부 훈령 44조에 의한 계기교육 지침은 있으나 이러한 지침은 현재 거의 지켜지지 않고 있다. 지난날은 교육부가 필요할 때 계기교육 자료를 수시로 제작하여 시·도 교육청을 통해 전국의 초·중등학교에 배포하였다. 그것이 교육자치, 학교 자율이라는 명분 아래 시도 교육청에 넘기고 학교에 떠넘겼다. 이는 원칙에 반하는 것이다. 왜냐하면 우리나라는 전국이 똑같은 교육과정을 적용하는 나라이기 때문에 교육부가 해야 하는 것이다. 6·25 남침이나 FTA를 시·도 교육청 산하 학교마다 다르게 지도해서는 안 된다.

노동자로서의 권리만 강조하고 기업은 노동자를 수탈하는 집단으로 매도당하고 있다. 그리고 기업인에 대한 증오심을 키우고 학생들이 본받아야 할 역사적 인물을 폄훼하고 있다.

"대한민국을 가로지르는 경부고속도로는 누가 건설했을까? 책 속에는 박정희의 이름만 나온다. 박정희가 손수 굴착기로 땅을 팠을까? 땀범벅 피범벅 아스팔트를 깔았을까? …거북선은 충무공 이순신 혼자 만들었을까? 왜국의 포탄이 쏟아질 때 온 힘을 다해 노를 저었던 이들은 과연 누구였을까?"

　노동절 계기교육을 통해 반기업, 반자본, 반시장경제를 선동하고 있다. 교사들이 출제한 수행평가 과제를 보면, 전태일과 관련된 프로그램이 다양하다. 전태일과 관련된 신문 만들기를 비롯하여 춤, 영상, 서사시, 만화, 연극 대본, 창작곡, 노래극, 다큐멘터리 대본 만들기 등이 있다.

　전교조의 노동절 공동수업 자료뿐만 아니라 전교조가 지지하고 채택하는 검정 국사 교과서를 보면 전태일을 다룬 내용이 상당 부분을 차지한다. 그러면서도 한국 경제의 견인차 역할을 한 이병철과 정주영의 이름은 찾아볼 수 없다. 이런 것도 자라나는 아이들에게 왜곡된 역사의식을 심어주기 마련이다.

　전교조의 노동절 계기수업을 보자. '노동자를 찾아서'라는 주제로 노동자의 개념, 노동절의 유래, 노동자의 권리 등을 학생들에게 이해시키겠다는 것이다. 전교조가 계기수업을 한다고 할 때마다 많은 학부모들은 가슴이 내려앉는 느낌일 것이다.

　내용을 보면 이러하다.

　'사장님의 특권(特權) 마을'이라는 역할극 진행 요령을 보면, 교육이 아니라 섬뜩한 계급투쟁 선동이라고밖에 생각할 수가 없다. 그 중 '난 몰라 마을'이라는 역할극에서는 바닥에 금을 그어 놓고 오른쪽에는 '주의! 뜨거운 기름'과 왼쪽에는 '주의! 떨어질 수 있음'

이라는 표지판을 세워 두었다. 그리고 노동자 역할을 맡은 학생에게 벽돌 꾸러미를 양손에 들고 눈을 감은 채 금을 따라 걷게 한다. 여기서 사장의 역할은 금에서 벗어나면 노동자의 부주의를 탓하면서 치료비도 주지 않고 곧장 해고하는 것이다.

"사장은 해외여행이나 주식투자를 위해 노동자들에게 월급을 제때 주지 않아도 아무런 문제가 안 된다", "노동자들에게 잠시도 쉴 틈을 주지 않고 아무 일이나 시킨다. 노동자들에게 저녁 약속은 없는지 한 사람씩 물어본 뒤 무조건 일이 많이 남아 있으니 3시간 더 일해야 한다고 명령한다"는 등 역할극마다 기업인이 노동자의 피를 빨아먹는 흡혈귀라도 되는 것처럼 그리고 있다.

전교조는 기업인을 '악의 화신'으로 가르치고 있다. 학생들에게 반자본·반시장·반기업의 세뇌교육을 시키고 있는 것이다. 기업을 노예 수용소처럼 왜곡하고 기업인에게 돌팔매질을 하도록 부추겨야 전교조가 말하는 청소년들에게 절대적으로 필요한 올바른 노동교육, 인권교육이 된다는 것이다. 지금 전교조가 이런 방법으로 아이들을 이념 투쟁의 전사로 키워 내고 있다.

'6·15남북교실'의 황당한 수업을 들여다보자.

광주에서 열린 6·15축전에 광주 M중학교에서는 '6·15공동선언 남북 공동수업'이 있었다. 분단 후 처음으로 북측 교육 관계자들이 참관한 수업에서 남측 교사는 2학년생 36명에게 "해방 후 남북은 자주적으로 통일을 이루려 했으나 외세의 간섭으로 분단과 전쟁을 겪었다"면서 "6·15공동선언은 우리 민족끼리 힘을 합쳐 하나가 되기 위한 것"이라고 설명했다. 한마디로 반미·친북을 주장하는 수업을 한 것이다. 6·25전쟁, 남북통일 방안의 차이, 북한의 핵개발 등은 설명하지 않았다.

수업자료에는 공동선언문의 1, 2항에서 주요 용어를 괄호로 비워 놓고 학생들에게 채워 넣도록 하는 것도 있었다. 예컨대 (　) 끼리, 남측의 (　)와 북측의 (　)로 해 놓고 순서대로 우리 민족, 연합제, 낮은 단계의 연방제를 써넣게 했다. 그러면서도 공동선언문은 국민의 동의를 얻지 않아 논란이 있다는 설명은 하지 않았다. 연합제와 연방제의 차이점, 실현 가능성 또한 설명하지 않았다.

교사는 남북이 지향하는 통일 방안에 대해 "유럽연합(EU)보다는 한 단계 높고 미국의 연방제보다는 한 단계 낮은 것"이라고 했다. 또 이산가족 상봉, 비전향 장기수 송환, 교류 협력 확대 등을 '6·15가 만들어 낸 기적'으로 꼽았다. 그러나 국군 포로와 납북자 문제에 대한 언급은 없었다. 우리의 외채가 얼마나 늘었으며 결국 그것이 북으로 갔다는 언급도 없었다. 상대주의라는 말도 꺼내지 않았다. 지나친 단순화에 일방적 미화였다.

한 학생이 "개성공단 1호 기업인 리빙아트의 냄비가 날개 돋친 듯 팔렸다"고 발표했을 때도 교사는 부도난 이 회사에 국민 혈세

(남북협력기금)가 지원됐다는 사실은 언급하지 않았다. 교사는 "경의선을 타고 평양을 거쳐 유럽 여행을 가면 환상적이지 않겠느냐?"고 유도성 질문을 하면서도 북측의 느닷없는 거부로 철도 시범 운행이 무산된 사실은 꺼내지 않았다. 북에 우리가 돈을 들여 철도를 놓고 애물단지가 된 사실을 언급하지 않았다. 이날 수업은 북한과 남측의 좌경화 세력이 외치는 '친북·반외세' 교육이었다.

🏛 국가보안법 수업지도안

수업지도안 일부와 통일퀴즈 문제를 소개한다. 국보법 폐지가 목적이다.

"국가보안법은 항상 국민들의 목을 조르면서 인권을 짓밟고 평화를 위협해 왔습니다. 이 법은 반드시 폐지되어야 합니다. 나는 그래도 어길 수밖에 없을 것이다. 국가보안법이 계속 존재한다면 나는 통일과 평화의 세상으로 가기 위해 이 법을 끝까지 어길 수밖에 없을 것입니다. 이 법은 한쪽에서는 통일을 가로막는 대표적인 악법이라고 하고, 한쪽에서는 안보를 위해 반드시 필요하다고 합니다. 하지만 일제시대에 독립군은 잡기 위해 만들었던 '치안유지법'의 많은 내용을 그대로 담고 있다는 점만 보아도 이미 오래

전에 폐지되었어야 마땅한 법인 것 같습니다. 남쪽에 존재하는 대표적인 악법인 이 법은 무엇일까요?

전교조는 반통일 수구세력 척결, 주한미군 철수, 국가보안법 철폐, 연방제 실현을 위한 투쟁을 선동하고 있다(전국 통일교육일꾼 교양자료집).

통일운동의 또 다른 당면과제는 반통일 수구세력을 척결하고 국가보안법, 범민련, 한총련, 이적규정 등 민족대단결을 가로막는 반통일적 법과 제도를 폐지해 가는 것이다.

6·15선언의 이행에 걸림돌이 되고 있는 주한미군 철수와 국가보안법을 철폐시키는 투쟁에 적극 나서야 한다. 낮은 단계 연방제가 높은 단계의 연방제로 이행하기 위해서는, 다시 말해 연방 중앙정부를 세우기 위해서는 남측 사회가 자주적이며 민주적인 성격으로 전변되어야 한다.

통일교육지침서에는 윷놀이판이 제시돼 있다. 윷놀이판에 화해, 평화, 냉전의식, 외세 등을 적어놓고, 윷을 던져 나온 것이 화해와 평화 자리가 되면 한 번 더 윷을 던지게 하고, 냉전의식에 오면 한 번 쉬게 하고, 외세 자리에 오면 '처음부터'로 다시 윷을 던지게 한다.

나는 기회 있을 때마다 이건 아니라고 수없이 말해 왔다. 소용이 없었다. 오늘의 광화문 촛불집회는 오래전에 예고되어 있었던 것이다. 판단력이 미숙한 미성년을 대상으로 한 계기교육이 공동수업이란 이름으로 전 교과에 걸쳐 꿈틀거리고 있다. 어떻게 학교 교사가 그런 초법적인 반국가적 발상을 할 수 있다는 말인가.

학교는 치외법권 지대가 아니다. 더욱 놀라운 것은 이를 못 본 체하는 교육당국의 태도이다. 통일교육지원법에 통일부장관은 헌법의 자유민주 질서에 반하는 통일 논의를 하는 자를 사법 당국에 고발하도록 한 규정을 제대로 실천하고 있는지 묻지 않을 수 없다. "우물쭈물하다가 내 이럴 줄 알았다"는 어느 시인의 묘비 글이 나를 울린다.

▨ 통일학교와 통일체험학습

김정일의 '선군(先軍)정치'를 찬양하는 북한 역사책《현대 조선력사》의 상당 부분을 그대로 베끼거나 인용해 교재로 사용하였다. 남북분단의 책임을 미국과 대한민국에 전가하고 김일성 정권을 한반도의 진정한 합법정부로 미화하는 동시에 6·25전쟁을 인민군의 남조선 해방전쟁으로 기술하고 있다.

위 인민군대는 반격을 개시한 지 1개월 반 동안에 남반부 전 지역의 90% 이상에 달하는 넓은 지역과 남반부 총인구의 92% 이상을 해방하였다는 것이다. 즉 북한의 '남조선 해방론'과 '조국해방 전쟁관'을 수용하고 있다.

북한의 경제복구, 사회개조, 김일성 지배체제 강화, 통일노선, 외교정책 등 제 분야에 걸친 사회 변화와 정책 수행을 주체사상에 입각한 혁명노선의 승리로 미화하고 있는 반면에, 대한민국의 광복 이후 역사는 시종일관 정부 타도를 위한 남한 인민들의 투쟁으로 일관되어 있는 양 왜곡하고 있다.

김정일 국방위원장이 창조한 선군정치는 세계 정치사에서 찾아볼 수 없는 새로운 독창적인 정치방식이라고 볼 수 있다. 1990년대 북한이 고난의 행군을 하였던 선군정치의 목적은 사회주의가 추구하는 최고의 가치, 곧 자주성의 완성이며, 강성대국을 건설하는 것은 민족국가의 자주성을 완성하는 것을 뜻한다는 것이다.

이와 같은 설명과 함께 통일연구반, 통일시사반, 통일사랑방, 민족사랑방 등 다양한 통일 클럽을 만들어 토론을 시킨다. 그리고 통일캠프, 통일수련회를 열어 통일에 대해 능숙하게 말할 수 있도록 발표력을 길러주고, 통일연극반을 만들어 공연하며 감상문을 쓰게 한다.

전교조 각 지부는 전국청소년통일캠프, 통일문예한마당을 통해 통일노래·통일문예 보급, 민족 대단결 의식 강화 교육을 실시한다. 더 나아가 애국가 안 부르기, 교실에서 태극기 없애기, 군대 가지 말기, 국기에 대한 맹세 안 하기, 극장에서 애국가 없애기, "애국은 강요하는 것이 아니다"라고 말하기 등을 지도한다.

통일교육지침서에는 윷놀이판이 제시돼 있다. 윷놀이판에 화해, 평화, 냉전의식, 외세 등을 적어놓고 윷을 던져 나온 것이 화해와 평화 자리가 되면 한 번 더 윷을 던지게 하고, 냉전의식에 오면 한 번 쉬게 하고, 외세 자리에 오면 '처음부터'로 다시 윷을 던지게 한다.

제6장

법 위에 올라선 전교조

전교조는 지금 헌법, 교육기본법, 초 · 중등교육법, 교원노조법, 국가공무원법, 통일교육지원법, 국가보안법, 공직선거법을 위반하고 있다.

📛 헌법 위반

첫째, 헌법을 위반하고 있다. 헌법 제4조는 "대한민국은 통일을 지향하며, 자유민주적 기본 질서에 입각한 평화적 통일정책을 수립하고 이를 추진한다"고 규정하고 있다. 이러한 헌법정신에 부응하여 우리는 1999년 통일교육지원법을 제정하여 통일교육에 대한

정의, 원칙, 방향 등을 규정하고 있다. 전교조의 계기교육 자료를 검토해 보면 반시장적 교육과 자유민주주의 기본 질서에 반하는 주장과 내용이 허다한데, 이는 분명히 우리 헌법정신에 위배되는 것이다.

헌법 제7조 제1항은 "공무원은 국민 전체에 대한 봉사자이며, 국민에 대하여 책임을 진다"고 규정하고, 헌법 제31조 제4항은 "교육의 자주성·전문성·정치적 중립성 및 대학의 자율성은 법률이 정하는 바에 의하여 보장된다"고 규정하고 있다. 그런데 전교조는 입으로는 정치적 중립성을 외치면서 정치적 행동을 서슴지 않고 벌이며, 선거에 개입하고 민노총과 민노당을 공공연히 지지하고 있다.

전교조가 발행하는 제반 문건이나 주장을 보면 국가와 정권을 혼동하고 있다. 민주주의 국가에서 반정부적 행위는 법의 테두리 내에서 가능하지만, 반국가적 행동은 어느 나라에서도 용인되지 않는다. 정권은 유한한 것이나 국가는 영원한 것이다. 정권교체는 선거를 통해 국민의 선택에 맡겨지지만 국가체제를 그런 방식으로 허용하는 나라는 없다. 그런데 전교조는 국가체제를 부정하는 발언도 서슴지 않고 내놓는다.

📖 교육기본법 위반

둘째, 교육기본법을 위반하고 있다. 교육기본법 제2조는 교육
이념으로 "교육은 홍익인간의 이념 아래 모든 국민으로 하여금
인격을 도야하고 자주적 생활 능력과 민주시민으로서 필요한 자질
을 갖추게 하여 인간다운 삶을 영유하게 하고, 민주국가의 발전과
인류공영의 이상을 실현하는 데 이바지하게 함을 목적으로 한다"
고 규정하고 있다.

제6조 ①은 "교육은 교육 본래의 목적에 따라 그 기능을 다하도
록 운영되어야 하며, 어떠한 정치적·파당적 또는 개인적 편견을
위한 방편으로 이용되어서는 안 된다"고 규정하고, 제14조 ④는
"교원은 특정 정당 또는 정파를 지지하거나 반대하기 위하여 학
생을 지도하거나 선동하여서는 아니 된다"고 하였다.

그간 전교조는 자신들의 권익을 위하여 학생의 학습권 침해는
말할 것도 없고, 학생과 학부모를 최대한 이용하였다. 이는 위 관
련 조항을 위반한 것이다.

전교조 관련 문건을 보면, 학부모를 전교조에 끌어들여야 한다
는 내용이 나오고, 구체적인 방법도 제시되어 있다. 학생 자치를
내세워 전국적인 한국고등학교 학생연합회를 조직하였다. 전교조
조합원은 되도록 학교 내의 학생회 지도교사 업무를 담당하려고

하며 학부모회와 학생회의 법제화를 서두르고 있다.

전교조는 학생을 대상으로 의식화 교육과 함께 좌파 이념 정당을 공공연히 선전하고 선거운동을 해 왔고, 이로 인해 주요 간부가 실형까지 받기에 이르렀다. 학생을 피교육자가 아닌 투쟁의 동반자로 인식하는 사례도 많고, 실제 '학생 동지'로 호칭하는 전교조 위원장도 있었다.

▦ 초 · 중등교육법 위반

셋째, 초 · 중등교육법을 위반하고 있다. 즉 전교조는 초 · 중등교육법 제20조, 제23조, 제29조를 위반하고 있는데, 관련 규정은 다음과 같다.

제20조(교직원의 임무) 제3항 교사는 법령이 정하는 바에 따라 학생을 교육한다.

제23조(교육과정 등) 제2항 학교의 교과는 대통령령으로 정한다.

제29조(교과용 도서의 사용) 제1항 학교에서는 국가가 저작권을 가지고 있거나 교육인적자원부장관이 검정 또는 인정한 교과용 도서를 사용하여야 한다.

전교조 교사들은 법령보다 소위 '진리'와 '양심'을 잘 내세운

다. 그들이 말하는 진리와 양심은 자의적으로 판단하고 결정한 것
이다. 교육과정은 국가가 제정하는 것임에도 불구하고 국가가 자
신들의 교육권을 빼앗아 갔다는 식의 논리를 편다. 그래서 그들은
공동수업이라는 이름 아래 꾸준히 의식화 교육자료를 만들어 배
포함으로써 사회적 물의를 빚고 있다.

📛 교원노조법 위반

넷째, 교원노조법을 위반하고 있다. 교원노조법 제3조는 교원의
노동조합은 일체의 정치활동을 하여서는 안 된다고 못박고 있다.
제6조 제1항은 노동조합의 대표자는 그 노동조합 또는 조합원의
임금, 근무조건, 후생복지 등 경제적 · 사회적 지위 향상에 관한 사
항에 대하여 교육인적자원부장관, 시 · 도 교육감 또는 사립학교를
설립 · 경영하는 자와 교섭하고 단체협약을 체결할 권한을 가진다.
이 경우 사립학교의 경우에는 사립학교를 설립 · 경영하는 자가
전국 또는 시 · 도 단위로 연합하여 교섭에 응하여야 한다고 규정
하고, 제4항은 단체교섭을 하고 단체협약을 체결하는 경우에는
관계 당사자는 국민 여론 및 학부모의 의견을 수렴하여 성실히
교섭하고 단체협약을 체결하여야 하며, 그 권한을 남용하여서는

안 된다고 하였다.

제8조는 노동조합과 그 조합원은 파업·태업·기타 업무의 정상적인 운영을 저해하는 일체의 쟁의행위를 하여서는 아니 된다고 쟁의 금지를 규정하였다. 전교조의 연가 투쟁, 선거 개입, 각종 정치활동은 명백히 전교조의 존립 기반이 되는 교원노조법을 위반하고 있는 것이며, 대법원은 수차례 관련 판례를 통해 전교조의 위법성을 인정한 바 있다.

국가공무원법 위반

다섯째, 국가공무원법을 위반하고 있다. 국·공립학교 교원은 국가공무원법의 적용을 받고 있으며 사립학교 교원도 이를 준용하고 있으므로 모든 교원은 공무원으로서 국가공무원법상의 성실의무, 복종의 의무, 직장 이탈 금지, 정치운동의 금지, 집단행위의 금지 원칙을 지켜야 한다. 관련 규정은 다음과 같다.

모든 공무원은 법령을 준수하며 성실히 직무를 수행하여야 한다(제56조). 공무원은 직무를 수행함에 있어서 소속 상관의 직무상의 명령에 복종하여야 한다(제57조). 공무원은 소속 상관의 허가 또는 정당한 이유 없이 직장을 이탈하지 못한다(제58조). 공무원은 정당 기타 정치단체의 결성에 관여하거나 이에 가입할 수 없다.

공무원의 정치운동 금지 규정을 보면, 선거에 있어서 특정 정당 또는 특정인의 지지나 반대를 하기 위하여 다음의 행위를 하여서는 아니 된다(제65조) 하여 몇 가지 사례를 적시하고 있다.

예컨대, 투표를 하거나 하지 아니하도록 권유운동을 하는 것, 서명운동을 기도 주재하거나 권유하는 것, 문서 도서를 공공시설 등에 게시하거나 게시하게 하는 것, 기부금을 모집 또는 모집하게 하거나 공공자금을 이용하거나 이용하게 하는 것 그리고 타인으로 하여금 정당 기타 정치단체에 가입하게 하거나 가입하지 아니하도록 권유운동을 하는 것이 모두 금지사항이다. 또 공무원은 노동운동 기타 공무 이외의 일을 위한 집단적 행위를 하여서는 아니 된다(제66조).

국가공무원법은 교육공무원법이나 교원노조법에 비해 일반법이기는 하나 특별법의 규정에 반하지 않는 한 적용 대상이 된다. 교원노조법은 교원노조의 단체행동권을 인정하지 않고 있으나 전교조는 사실상 법이 허용하지 않은 단체행동권을 편법과 변칙을 동원하여 행사하고 있다.

우리나라 교원노조는 다른 외국의 예처럼 단체행동권이 인정되지 않는다. 따라서 전교조가 단체행동권을 행사하는 민노총에 가입하고, 민노총의 지시에 따르고, 민노총 간부에 취임하여 활동해서는 안 된다. 이는 법의 취지에 반하는 것이기 때문이다.

📖 통일교육지원법 위반

여섯째, 통일교육지원법을 어기고 있다. 통일교육지원법에 따르면, 통일교육은 국민으로 하여금 자유민주주의에 대한 신념과 민족공동체 의식 및 건전한 안보관을 바탕으로 통일을 이룩하는 데 필요한 가치관과 태도의 함양을 목적으로 하는 제반 교육(제2조)을 말하며, 여기서 통일교육은 자유민주적 기본 질서를 수호하고 평화적 통일을 지향하는 방향으로 실시되어야 하고 개인적 · 파당적 목적으로 이용되어서는 아니 된다(제3조)고 못박고 있다.

그리고 제11조에서 통일부장관은 통일교육을 실시하는 자가 자유민주적 기본 질서를 침해하는 내용으로 통일교육을 실시한 때에는 수사기관 등에 고발하여야 한다고 규정하고 있다. 그럼에도 정부는 전교조가 다반사로 자유민주적 기본 질서를 침해하여도 구경만 하고 있다. 그렇다면 현재 대한민국 통일부장관은 직무유기를 하고 있는 셈이다.

통일은 남북 당사자가 해결해야 할 사안이면서 국제적 성격을 띤 문제이기 때문에 통일교육에서 미국 등 주변국에 대한 배타적 의식 고취보다는 지지와 협조를 유도할 수 있는 자세 육성이 중요하다. 또한 한반도 평화정착 및 통일에 대한 미국 등 주변국의 역할에 대한 이해를 구하기 위해서는 미군 범죄, 환경 문제 등 통일

논의에서 부차적인 문제를 부각하는 접근방법보다는 세계 질서 속에서 민족의 이익과 주변국의 이해관계를 조화시키는 지혜의 배양이 필요하다고 본다.

우리 주변국들은 한반도의 안정과 평화 유지를 바라고 있다. 따라서 주변국들의 지지와 협조를 이끌어 내는 노력이 필요하다.

그러나 전교조는 통일지상주의에 빠져 초법적이고 비현실적이며 환상적인 통일교육을 실시함으로써 우리 아이들의 국가관과 가치관에 혼돈을 초래하고 있다.

■ 국가보안법 위반

일곱째, 전교조는 국가보안법을 위배하고 있다. 전교조가 북한의 《현대 조선력사》를 그대로 베껴 만든 《통일학교 자료집》을 가지고 교사들에게 연수하고 선전한 행위는 당연히 국가보안법 위반행위다.

《통일학교 자료집》은 김일성의 주체사관에 입각해 서술되었고, 객관적인 시각을 상실한 친북 편향의 역사 서적으로 김일성 일가의 우상화 선전을 위한 사실 왜곡 및 날조의 내용들로 가득 차 있다. 법원은 1991년 북한 원전 《현대 조선력사》를 국가보안법상 이적

(利敵) 표현물로 규정하였다. 북한 원전을 출처도 밝히지 않고 그대로 베껴 작성한 《통일학교 자료집》은 당연히 친북성 및 반국가성을 갖는 것으로서, 이러한 책자를 만들어 배포한 것은 국가보안법 제7조상의 이적 표현물 제작·반포의 죄에 해당한다. 전교조의 북한 선군정치 홍보와 김정일에 대한 찬양 선전행위도 사안에 따라서는 국가보안법 위반이다.

■ 공직선거법 위반

여덟째, 전교조는 공직선거법을 위반하고 있다. 2006년 3월 25일 헌법재판소는 재판관 전원 일치 의견으로 초·중등 교육공무원의 정당 가입 및 선거운동을 금지하고 있는 공직선거법 과 교원노조법, 국가공무원법 등 관련 조항이 초·중등 교원의 정치적 자유권 및 평등권 등 기본권을 침해하는 위헌이라고 볼 수 없다고 결정했다.

헌법재판소의 결정은 현행 법률의 헌법 적합성에 대한 판단이다. 현행 국가공무원법 등이 대학 교원은 정당 가입과 정치활동을 할 수 있다고 인정하면서 초·중등 교원에 대해서는 인정하지 않고 있는데 이 조항을 대해 위헌이라고 볼 수 없다는 것이다.

헌법재판소는 이러한 이유로 공무원법 등의 해당 조항이 위헌이 아니라는 것을 판단한 것이지, 초·중등 교원에게 정치활동의 자유를 절대로 보장해서는 안 된다고 한 것은 아니다. 전교조나 한국교총이 교원의 정치활동을 요구하고 있는데, 이것을 관철하기 위해서는 국민들이 교사에게 그러한 권한을 주어도 좋다는 공감대가 이뤄지도록 교사 스스로 신뢰를 회복해야 하고, 그를 바탕으로 국회가 초·중등교원의 정치활동을 보장하는 법률을 제정해야 할 것이다. OECD 회원국 대다수가 초·중등 교사의 정당 가입과 정치활동의 자유를 허용하고 있다.

전교조 수뇌부들이 공직선거법 위반으로 실형을 선고받고 교사직을 박탈당했다. 장혜옥(전 전교조위원장)이 실형이 확정돼 교사직을 상실한 것이다. 대법원 1부(주심 김지형 대법관)는 17대 총선 당시 대통령 탄핵 반대 시국 선언을 하고 특정 정당을 지지해 공직선거법을 위반한 혐의로 기소된 장혜옥에게 벌금 100만 원을 선고한 원심을 확정했다. 원영만(전 전교조위원장)과 조희주(전 전교조부위원장)에게도 각각 300만 원과 100만 원의 벌금을 선고한 원심을 확정했다.

재판부는 판결문에서 "시국 선언문과 관련한 피고인들의 일련의 행위는 열린우리당을 반대하고 그 대안 세력으로서 민주노동당을 지지하려는 목적 의사가 객관적으로 인정될 수 있는 정도의 능동적이고 계획적인 것으로 봐야 한다"고 밝혔다. 재판부는 "따라서 피고인들이 공직선거법이나 국가공무원법에서 금지하고 있는 특정 정당이나 후보자를 지지 혹은 반대했다고 본 원심 판단은 정당하다"고 판시했다.

🐢 무법천지에서 살고 있는 전교조

전교조는 목적을 달성하기 위해서는 법을 거추장스러운 존재로 인정하고 이를 무시하기 일쑤다. 전교조는 노동조합이 집단으로 연가 신청을 내는 것도 준법 투쟁이라고 주장해 왔으나 이와 관련된 대법원 판례는 정반대로 나왔다. 학교장의 허가 없이 개인적으로 연가를 사용하는 것만으로도 해당 교사는 파면 또는 해임될 수 있다는 것이 법원의 판단이다.

대법원은 1996년 6월 14일 공무원이 법정 연가 일수 범위 내에서 연가를 신청하였다고 할지라도 그에 대한 소속 행정기관장의 허가가 있기 이전에 근무지를 이탈한 행위도 위법행위로서 징계 사유가 된다고 판결하여 파면 취소소송을 기각하였다.

뿐만 아니라 대법원은 "공무원이 법정 연가 일수 범위 내에서 연가 신청을 하였고, 그와 같은 연가신청에 대하여 행정기관의 장은 공무 수행상 특별한 지장이 없는 한 이를 허가하여야 한다고 되어 있더라도 그 연가 신청에 대한 허가가 있기 전에 근무지를 이탈한 행위는 지방공무원법 제50조 제1항에 위반되는 행위로서 징계사유가 된다"고 판시하였다.

이에 앞서 대법원은 "공무원이 비록 일신상의 어려운 사정에 연유하였다 하더라도 국가공무원법 제76조 2의 규정 등에 따른 고충 해결을 위한 노력을 기울임이 없이 곧바로 병가를 청탁하여 3회에 걸쳐 13일간이나 무단결근을 하였다면 이는 공무원으로서의 성실 의무를 저버리고 직무를 태만히 한 것으로서, 동인이 과거 3회에 걸쳐 징계처분을 받은 사정에 비추어 징계의 종류로 해임을 택한 것은 충분히 수긍할 수 있는 조치이다"라는 판례를 남겼다.

대법원은 판결을 통해 국가보안법 폐지론자들의 주장을 조목조목 반박했다. 헌법재판소 결정에 이어 국가보안법의 필요성과 의미를 강조한 것이다. 대법원은 북한을 반국가단체로 보면 안 된다는 주장에 대해 "북한은 평화적 통일을 위한 대화와 협력의 동반자임과 동시에 적화통일노선을 고수하면서 우리 체제를 전복하고자 획책하는 반국가단체"라는 이중적 성격을 띠고 있다고 지적했다. 교류와 협력이 이루어지고 있다고 해서 북한의 반국가단체성이 소멸했다고 볼 수는 없다는 것이다.

판결은 또 국가보안법이 표현과 사상의 자유를 막고 있다는 것에 대해서는 "자유민주주의 체제를 전복시키려는 자유까지 허용함으로써 스스로를 붕괴시켜 자유와 인권을 잃어버리는 어리석음을 범해서는 안 된다"라고 못박았다.

헌법재판소 역시 그간 국가보안법 논란의 핵심 사안이던 "찬양 고무죄는 죄형법정주의에 위배되지 않으며, 양심 사상의 자유의 본질적 내용을 침해하지 않는다"라고 밝혔다. "국가보안법이 없어도 형법으로 충분하다"는 주장에 대해서도 "형법과는 별도로 독자적 존재 의의가 있으며 국가보안법 폐지는 스스로 일방적인 무장해제를 가져오는 조치"라고 경고했다. 나라의 체제는 한번 무너지면 다시 회복할 수 없다. 따라서 국가안보에 관한 한 한치의 허술함이나 안이한 판단이 허용되어서는 안 될 것이다.

법원은 "연가 투쟁 징계, 법적으로 타당하다"고 판결했다. 전교조 연가 투쟁 교사 징계와 관련된 사법기관의 판단은 매우 적극적인 태도를 보이고 있다. 서울고법 특별7부는 2001년부터 2003년까지 각 7회에 걸쳐 무단결근, 무단조퇴를 하고 전교조가 주최한 교육정보 시스템 저지 교사대회 등 각종 집회에 참가했다가 견책 처분을 받은 교사 유 모, 김 모 씨가 인천광역시 동부교육청 교육장을 상대로 낸 견책 처분 취소소송 항소심에서 원고 승소한 1심을 깨고 원고 패소 판결을 내렸다.

재판부는 판결문에서 "교육청 및 학교장의 정당한 직무명령을 무시한 채 무단결근 또는 조퇴를 하고 집회에 참가한 원고들의 행위는 직장 이탈 금지, 성실 및 복종 의무 위반으로 징계사유에 해당하며, 징계처분이 사회통념상 현저하게 타당성을 잃어 재량권을 남용했다고 볼 수 없다"며 교육청의 손을 들어주었다.

재판부는 징계사유와 관련해 "교원이 법정 연가 일수 범위에서 자유로운 신청으로 연가를 할 수 있으나 소속 학교장이 특별한 지장이 있음을 이유로 불허할 경우 명백히 연가권 행사가 제한된다"며 "이를 어긴 것은 국가공무원법에 위반되는 행위에 해당한다"고 판시했다. 재판부는 "원고들 주장처럼 집단 연가 사태가 교육부 당국자에게 상당한 책임이 있다 하더라도, 그로 인해 원고들의 무단결근 또는 조퇴가 정당화 또는 면책될 수 없다"며 징계의 정당성을 부여했다.

▨ 법원 판결, "학생에게 위자료 주라"

전교조는 형사상 책임은 물론 행정법적 책임에다가 민사상 책임까지 지고 있다. 과거 사법부의 판례로 보아 충분히 사전에 예측 가능한 일임에도 불구하고 처음부터 이러한 준법 의지가 없었다고 해야 할 것이다.

최근 인천지방법원은 전교조 교사들의 학내 시위와 수업 거부로 피해를 본 인천외고 학부모와 학생 400명이 낸 손해배상 청구 소송에서 "피고들은 수업 거부 등 위법행위로 … 학생들의 수학권(受學權)과 학부모들의 교육권(敎育權)을 침해했다"며 학생과 학부모에게 각각 50만 원, 30만 원의 위자료를 지급하라는 판결을 내렸다.

학생과 학부모의 교육권은 어떤 이유로도 침해할 수 없는 헌법상의 기본권이다. 이 판결은 이러한 '헌법적 권리'를 재확인한 것이다. 판결은 직접적으로는 해당 전교조 교사들의 위법행위에 대해서도 간접적으로 책임을 물었다고 보아야 할 것이다. 교육 당국이 사태 수습에 적극 나섰다면 소송과 판결 자체가 필요하지 않았을 것이기 때문이다.

전교조는 제도권 내에 들어왔음에도 준법 의식이 부족하다. 또 학교 내에서 위협적·폭력적 방법으로 문제를 해결하려 드는 모습도 적지 않다. 법을 준수하라고 학생들을 가르쳐야 하는 교사 스스로 법을 어길 때 과연 교사의 교육적 권위가 서겠는가?

제7장
하이에나 떼가 몰려온다

🌸 민노총 가입으로 변칙 활동

전교조는 2000년 9월 민주노총 산하 노동조합으로 가입했다. 따라서 상부단체인 민노총의 결정이 산하 조직인 전교조와 조합원들을 구속하기 마련이다. 즉 상부단체의 종속적인 지위에 놓인 전교조와 소속 교사들은 민주노총의 제반 투쟁노선과 전략·전술을 공유하고 파업을 비롯한 노동 관련 사안은 물론 교육정책에 관한 주장에 있어서 성명, 집회, 시위, 교육활동 등을 통해 보조를 함께할 수밖에 없는 위치에 놓여 있는 것이다.

한편 민주노총은 민노당을 지지하는 활동을 하고 있고, 또 언제든지 여러 정치·사회적 사안에 관하여 정당을 지지 또는 반대하는 정치활동을 할 수 있다. 따라서 그 산하 단체인 전교조 및 소속 교사들 또한 직간접적으로 그러한 정치활동에 참여하거나 지지하는 결과가 되어 정치적으로까지 중립적 위치에 있을 수 없게 된다.

전교조의 투쟁을 보면 교육개혁과 교육 민주화에 앞장서면서 법을 아예 무시하고 출발한다. 그리고 처음부터 의도적이고 계획적인 것을 알 수 있다. 불법 투쟁의 사례는 이루 말할 수 없이 많다. 위법, 탈법, 편법을 이용한 사례도 많다. 주번교사제 폐지, 보충수업 폐지 등을 위해 근무시간 중 교내 노조활동을 사실상 실시하고, 교육청 정문에 천막을 치고 북을 치면서 집회를 개최하고 학생들을 집회에 참가시키는 등 비교육적 행위가 일어나고 있다.

특정 학교의 교내 갈등 문제를 다른 학교 노조원과 연계하여 집단 개입 및 시위하는 사례도 있다. 근무시간에 학교 밖에서 전교조 자율 연수를 실시하고, 연수를 허가하지 않을 경우 시·도 지부 등에서 집단으로 항의 방문하며, 교육청 홈페이지에 항의 글을 탑재한다.

전교조가 개최하는 각종 집회에 참여하기 위해 무단결근을 하거나 연가 또는 조퇴를 실시한다. 학교장 허가 없이 하는 연가 또는 조퇴는 불법이라는 법원의 판결이 있었지만 이런 것에 구애받지 않는다. 불법 집회 참석을 위한 연가 신청을 학교장이 불허할 경우 시·도 지방노동위원회에 부당노동행위 구제신청 등을 하는 일이 비일비재 일어나고 있다.

이처럼 전교조의 투쟁 방식은 법과 상식을 벗어나 조직만을 중시하며 투쟁에 지대한 가치를 부여하고 있다. 지난날 권위주의 시대에 횡행했던 운동권 논리를 그대로 답습하고 있다.

전교조의 민노총 가입은 불법이다. 교원노조의 경우 교육공무원 신분의 특수성을 감안하여 처음부터 단체행동권을 인정해 주지 않았기 때문에 단체행동권을 가진 민주노총에 가입해서는 안 된다. 노동조합은 단결권, 단체교섭권, 단체행동권이라는 노동3권이 있다. 그런데 교원노조와 공무원노조에게는 노동3권 중 2권만 갖고 있다. 칼과 총과 대포를 가져야 하는데 칼과 총밖에 없으니 대포를 가진 민노총에 들어가 그 무기를 빌려 쓰겠다는 속셈이 깔려 있는 것이다. 탈세가 범죄라면 탈법은 곧 위법이다.

전교조는 교원노조로서 헌법 제7조 및 제31조 제4항에 의해 공무원으로서 정치적 중립성과 교육의 정치적 중립성을 준수하여야 하며 교원노조법 제3조에 따라 일체의 정치활동은 해서는 안 된다. 그런데 민노총에게는 노동자의 정치활동이 허용되어 있으니 민노총에 가입하여 그 지시에 따라 총파업에 적극 참가하겠다는 것이다. 오늘의 공무원노조도 마찬가지다.

산하 노조가 상부 노조의 지시를 따르는 것은 지극히 당연하고 자연스러운 일이다. 여기서 통합공무원노조가 왜 민노총에 위장취업을 하려고 하는가 하는 것이 문제다. 3개 공무원노조 중 이미 민노총에 가입해 있던 전공노는 정치 쟁점에서 진작부터 민노당 ·

민노총과 보조를 같이했다. 작년 6~7월 촛불시위 때는 행정업무 거부선언을 했고 대통령 불신임 투표를 추진하기도 했다. 통합공무원노조가 지금 가려고 하는 길은 전교조가 밟아갔던 길이다.

전교조는 민노총이 한미자유무역협정(FTA) 반대 같은 쟁점을 놓고 벌인 총파업에도 참여했다. 민노총은 민노당의 최대주주로 정치활동을 해 왔다. 전교조는 미디어법 강행 중단, 대운하 재추진 의혹 해소 등의 주장을 담은 시국선언을 발표했다. 여기에 공무원노조가 들어가면 국가의 위계질서는 어떻게 되며 나라꼴이 온전히 돌아가겠는가.

정부는 대국민 담화에서 밝힌 대로 공무원노조가 민주노총과 연대하여 정치투쟁에 참여해 실정법을 위반할 경우 법에 따라 단호히 대처해야 한다. 정부가 공무원노조의 민주노총 가입을 인정하고, 공무원노조는 정치투쟁보다는 자신들의 생존권과 복리증진에 치중할 것을 약속하면 극렬한 대립은 피할 수 있을 것이라고 그럴듯하게 꼬드기는 사람도 있으나 노사관계에서 이러한 낭만적인 전망은 금물이다.

전교조와 공무원노조가 상부노조 가입의 필요성을 절감한다면 단체행동권과는 상관이 없는 단결권, 단체교섭권만을 갖는 상부노조를 만들어 그곳에 들어가면 된다. 그렇지 않으면 국민을 납득시켜 법적으로 단체행동권을 확보한 후 민노총에 가입하면 아무런 법적 하자가 없다. 그렇지 않고 단체행동권이 없는 전교조가 단체행동권이 있는 민노총에 가입하여 파업에 동참하는 등 집단 행위를 하는 것은 불법이라 할 것이다.

▨ 제도권 전교조, 운동권 논리 원용

지금 전교조는 재야 단체가 아닌 합법화된 노동조합이다. 제도권에 들어와서도 재야의 운동권 논리를 기웃거리고 있다. 조합원 연수 자료에 등장하는 숱한 발언들이 이를 증명해 준다.

- 조직과 투쟁은 분리되는 것이 아니라 한 과정의 다른 부분이다.
- 행사에의 참여는 동지애를 고취시킨다.
- 투쟁 없는 조직은 실천 없는 집합에 불과하다.
- 의식은 투쟁 속에서 고양된다는 것을 명심하라.
- 문제를 해결하는 것만이 목적이어서는 올바른 투쟁일 수 없다.
- 타협은 전술적인 것이지 원칙적인 것이 아니다.
- 합법성이 보장되지 않는다면 합법성을 부인하는 체제에 대한 투쟁은 필연적인 것이며 정당한 것이다.

제도권에 들어왔으면 제도권의 절차를 존중해야 한다. 목적이 정당하다고 해서 수단까지 정당한 것은 아니다. 교원노조법을 만들 때 전교조도 개입해 함께 만들었다. 법이 부당하다고 생각하면 법을 개선하도록 해야지, 그 법을 그대로 두고 불법 투쟁을 하는 것은 제도권 내에 들어온 단체로서 옳지 않은 자세다.

교원평가제 법제화를 앞둔 마지막 공청회가 열리는 서울 삼청동 교원소청심사위원회 강당에서 전교조 교사 30여 명이 단상으로 몰려나와 교육부가 결론을 정해 놓고 겉치레 공청회를 하려고 한다며 "사기극 중단하라!"고 외쳐대면서 난장판을 만들었다. 공청회는 경찰병력이 투입되어 전교조 교사 25명을 연행해 가면서 간신히 속개됐지만 변변한 토론도 못한 채 한 시간 만에 끝났다. 전교조는 정부의 교육정책 개선 공청회마다 참석해 행사 진행을 불법폭력으로 막았다.

■ 학생을 투쟁 동반자로 인식

전교조에는 대략 학교민주화 그룹, 사회개혁 그룹, 개인안보 그룹 등 세 가지 그룹이 있다. 대부분 전교조 가입을 보험으로 생각하고 개인적으로 편의주의에 빠져 있는 개인안보 그룹인데, 이들은 상부 지도층의 지시를 추종하며 움직인다.

학교민주화 그룹은 정의파다. 나름대로는 교육철학을 갖고 학생들을 열심히 가르쳐 인기를 끌기도 한다. 문제는 사회개혁 그룹이다. 교육을 통해 사회를 개혁하자는 원론적인 주장이 잘못된 것은 아니다. 문제는 이들의 행태다. 이들이 혁명전사처럼 전교조의 주도권을 잡고 법과 제도의 벽을 허물며 투쟁전선에 나서고 있다는 데 있다.

전교조에서는 간부급 조합원을 활동가라고 부른다. 전교조는 활동가, 조합원을 대상으로 참으로 '해괴한' 교육을 실시하고 있다. 가르치는 것을 소임으로 삼고 있는 교사들이 도대체 누구를 위해 무엇 때문에 이러한 교육을 받아야 하는가?

- 부지런히 교무실, 상담실, 교사휴게실, 서무실 등등 사방팔방으로 학교 내외를 돌아다니며 학교에서 진행되는 모든 일에 민감해야 한다.
- 성패는 기록에 달려 있다! 직원회의 등에서의 교장·교감의 발언을 메모하는 것과 주요 사항들을 늘 메모하는 습관을 들여야 한다.
- 비조합원, 조합원을 구별 말고 교사들 간의 모임에는 될수록 자주 어울리고 애경사를 잘 챙겨라.
- 우리의 힘은 역시 학생들로부터 나온다. 행정(서무)과 직원과의 관계를 강화해야 한다. 행정(서무)과 직원은 미래의 전교조 조직 대상이다.

● 학부모와의 관계를 긴밀하게 가져야 한다. (중략) 유사시에 설득하고자 하는 것은 늦다.

인용문을 읽어 보면 머잖아 학교 현장에 큰 회오리가 불어닥칠 것 같다. 아울러 조만간 다가올 결전의 날에 대비해 조직을 확대하고 투쟁 역량을 비축하고 지지세를 끌어모으겠다는 활동가의 투지가 넘친다. 반면 인용문 어디에도 아이들에 대한 애틋한 사랑이나 동료 교사에 대한 애정은 찾아볼 수 없다. 선배 교사에 대한 존경이나 학교 교육 발전을 위한 진지한 모색도 없다. 그들에게 교장·교감이나 보직교사는 오직 사용자나 그 하수인일 따름이고, 전교조에 가입하지 않은 교사나 행정직원은 한낱 의식화하고 조직화해야 할 대상에 불과하다. 학부모 역시 유사시를 대비해 지지세력으로 끌어들이거나, 여의치 않으면 무력화시켜야 할 대상에 지나지 않는다.

학생은 뜻을 같이하는 동지다. 전교조는 자체 연수를 통해 '학생들은 우리의 힘'이라는 점을 틈만 나면 강조한다. 교사가 학생들의 힘이 아니고 반대로 학생들이 교사의 힘이 된다는 논리를 편다. 그 저의는 무엇인가? 전교조는 학생들을 제자 이전에 '투쟁의 동반자'로 인식하고 있기 때문이다.

이처럼 교직사회에 넘쳐나는 것은 활동가요 투사일 뿐 더 이상 가르치는 일에 정진하는 교사가 아니다. 학교 현장은 수단과 방법을 가리지 않고 세를 불리고 헤게모니를 장악하려는 소위 활동가들의 독무대가 된 지 이미 오래다. 교사와 교사, 교사와 학생, 교사와 학부모가 상호 갈등과 반목, 대립과 분열로 몸살을 앓는 가운데 교육 공동체는 붕괴 지경에 이르렀다.

학교에는 전교조에서 보내는 공문이 하루가 멀다고 들어온다. 대개 공문 제목부터가 '지령, 총궐기, 쟁취, 투쟁, 전면 거부' 등 섬뜩한 어휘들로 시작된다. 한 초등학교 교장은 "전교조가 합법 단체라고 해서 이런 공문을 전교조 지회장에게 전달해야 하니 곤혹스럽다"고 하소연한다.

학생회를 투쟁의 주체로, 방송과 신문을 동원하라고 설치고 있다. 학생을 끌어들이고 학생회를 중심으로 투쟁의 주체로 이끌어내야 한다고 언급하고 있다. 학생 부분은 조심스런 접근이 필요하지만 승리한 싸움의 경우는 책임을 묻지 않으므로 학생회 담당교사를 배치하여 적극적으로 대처해야 한다는 것이다. 더 나아가 공동수업 지도안을 작성하여 담임 및 교과 담당교사가 HR과 수업 시간에 집단적인 교육을 실시하도록 권고하고 있다.

전교조의 전략은 여기서 그치지 않는다. 방송 3사와 각 신문사 사회부 기자 명단과 연락처를 사전에 입수하여 개별적이고 조직적으로 접근하여 투쟁 상황이 보도될 수 있도록 총력을 기울인다. 언론 홍보 담당 팀을 구성하여 상시적인 접촉이 될 수 있도록 분담하여 배치해야 한다고 적고 있다. 국회 교육위원 및 시도 교육위원 담당팀을 구성하고 직접 모든 교육위원들을 방문하여 학교 문제를 안건으로 교육상임위가 개최될 수 있도록 적극적으로 홍보해야 한다는 것이다. 졸업생의 경우 졸업생 담당교사를 배치하여 최대한의 참여를 유도하고 있다.

학교 현장에서는 법치가 아닌 떼치가 판을 친다.

현실적으로 각 초·중·고교 전교조 분회장 중에는 학교 직제로는 평교사임에도 학교장과 대등한 위치를 누리려는 사람도 있다. 교원노조법은 단위학교별 노조를 인정하지 않는다. 그러함에도 마치 일반 기업이나 공장에서 노조위원장이 사용자인 대표이사를 상대하듯, 학교 '교육노동자'들의 대표인 전교조 분회장이 학교장을 '사용자'라고 규정하고 대립하는 구도를 형성하려는 것이다.

전교조는 교장과의 관계를 처음부터 대립구도로 설정해 놓고 "기본적인 노사관계의 구도 하에서 시시비비를 가릴 줄 아는 자세가 필요하다"고 역설하고 있다. 이들은 "조합원, 특히 분회장 등의 활동가들은 학교 내에서 견제와 비판의 역할을 해야 한다"며, "될 수 있는 한 교사들이 다 모여 있는 조회석상 등에서 공개적·공식적으로 교장의 권위를 깨버려 민주적인 노사관계가 확립되도록 해야 한다"고 강조한다.

이러한 상황에서 전교조는 막강한 조직력을 배경으로 단순한 노조의 차원을 넘어 정치세력으로 성장했다. 그들은 스스로 권력화하면서 법을 우습게 보는 체질로 변했다. 그런 가운데 한국의 교사 운동은 자유민주주의 체제를 정면으로 부정하는 민중교육의 실현, 그것을 위한 교육과정의 자유로운 지배, 북한 편향적인 통일관과 통일교육 등을 포함하는 정치이념적 운동을 지향하게 되었다.

🔖 수단과 방법을 가리지 않는 유언비어

서울의 Y학원은 3개 학교를 거느린 기독교계 재단 사학으로 알려져 있다. 어느 날 전교조가 느닷없이 학교 측에 이른바 '민주적 인사위원회' 구성을 요구했다. 교장이 임명토록 하고 있는 인사위원을 교사들이 선출하게 하자는 것이다. 이는 사실상 재단이사회의 인사권을 박탈하자는 것이니 당연히 받아들여질 리 없었다.

그러자 전교조는 교내 시위는 물론 이사장 집 앞과 교육청 등에서 시위를 하는가 하면, 인터넷을 통해 마치 학교에 무슨 비리와 부패가 있는 양 예결산을 공개하라며 학교 측을 압박해 갔다. 이렇게 되면 재학생들이나 학부모들은 물론 졸업생들까지 '뭔가 재단에 비리가 있어 선생님들이 저렇게 시위까지 하는 게 아닐까?' 하고 생각하게 된다. 전교조는 또 학교의 주요 행사, 심지어 입학식과 졸업식을 볼모로 학교측을 압박하는 행동도 서슴지 않았다.

다음은 이 학교 인터넷 홈페이지에 올린 전교조 교사의 글이다.

엄청난 예결산 자료를 뒤져서 여기에 관련된 인간들은 심장약을 먹고 다니게 할 것이고, 곧이어 있을 졸업식과 입학식에 오신 학부모님들께 학교 상황을 여러 가지 방법으로 알릴 것이다.

법적으로 꼬투리 잡히지 않을 만큼, 그러나 학교의 입장은 매우 괴롭게 될 만큼 기막힐 정도의 환상적인 전술로 진행된다. 최대한 많은 숫자를 동원한다. 아주 지능적으로 진행하여 효과를 극대화한다. 엉망진창으로 집행된 방과 후 교육비 문제를 집중 홍보한다.

행사장에서 사용할 각종 소품은 졸업식 하루 전에 조합원들에게 배포할 것이다.(각종 소품이 무엇일까요? 졸업식장에 와서 보면 알게 될 테니까 너무 조바심 내지 마시오!)

이 글을 보면 학교에 어떤 큰 비리가 있는 것으로 느껴진다. 전교조는 시교육위원회 교육위원 중 친전교조 측 교육위원과 운동권 출신 국회의원까지 동원하여 이 학교의 예·결산 및 공사 관련 회계 자료 등을 모조리 뒤졌지만 아무것도 찾아내지 못했다.

아주 지능적으로 학교 측을 괴롭혀서 이른바 민주적 인사위원회를 관철시키겠다는 이야기다. 전교조는 또 방과 후 학교의 교육비 문제를 들고 나왔다. 마치 학생들로부터 걷은 방과 후 교육비와 관련하여 무슨 엄청난 비리라도 있는 듯한 느낌을 갖도록 했으나 역시 비리가 드러난 것은 없었다. 결국 자신들의 목적을 달성하기 위해 유언비어를 퍼뜨린 것이다.

그럼에도 학교 측은 결국 전교조의 요구 앞에 무릎을 꿇고 말았다. 전교조의 주장이 타당성이 있다고 판단해서가 아니라, 분규가 발생하면 이사 승인이 취소되고 임시이사가 파견될 것을 우려한 때문이었다. 한번 임시이사가 파견되고 나면 설립자에게 학교 운영권이 되돌아가기 어렵다는 현실에서 재단 측이 손을 들고 만 것이다. 이 학교 사례는 전교조가 목적을 위해서라면 수단과 방법을 가리지 않음을 잘 보여 준다.

🌀 사립학교 장악을 위한 투쟁

전교조의 '사립학교 활동가 교육자료'를 보면 전교조의 활동이 얼마나 치밀하고 의도적인가를 알 수 있다. 여기에는 사립학교 대상 투쟁 목표와 방법이 잘 나와 있다. 먼저 투쟁 목표를 추진 주체들이 총회에서 토론을 통하여 구체적으로 설정한다. 전교조는 이 과정을 거쳐야만 모두가 흔들림 없이 끝까지 동참할 수 있다고 말한다. 이사진 전원 승인 취소, 정상화추진위원회 구성, 현 재단 퇴출 및 임시이사 선임 단계를 거쳐 마지막 단계로 학교장 선임 및 학교 현안 문제 해결의 목표를 설정하고 투쟁을 전개한다.

고발인 진술자는 대표가 아닌 사람으로 선정하는 등 철저히 역할을 분담하고, 담임교사를 최대한 확보해야 한다고 지침에서 언급하고 있다. 연대 대상에 대한 철저한 역할 분담 및 홍보를 하되 학부모를 투쟁의 주체로 이끌어 내야 한다고 한다. 학부모의 선전·선동은 죄가 되지 않으므로 학부모와 함께 하는 싸움을 계획해야 한다면서 학년별 학부모회 조직과 학년별 담당교사 배치를 강조하고 있다.

또 학생회를 투쟁의 주체로 이끌어 내었다. "학생 부분은 조심스러운 접근이 필요하지만 승리한 싸움의 경우는 책임을 묻지 않으므로 학생회 담당교사를 배치하여 적극적으로 대처해야 한다"고 주장한다. 집단적인 수업을 통하여 학생을 교육하여 학생과 학부모가 동시에 움직일 수 있도록 계획적이고 체계적으로 접근을 해야 한다는 것이다.

게다가 문건에 이런 말이 덧붙어 있다. "사실 학부모위원을 하는 이유는 우리 아이가 엄마나 아빠의 활동으로 인하여 좀 더 좋아지기를 바라는 마음도 있으리라 생각된다. 학생을 학교에 맡기고 있는 학부모는 아직도 한국 사회에서는 약자다. 학부모와 교사 간의 밀월관계가 이루어지기를 기대해 본다."

이 문건을 보면 전교조의 투쟁 목적은 결국 사립학교를 장악하기 위한 것이라고밖에 볼 수 없다. 전교조의 투쟁 양상을 보면 미리 기획된 것이라는 것을 알 수 있다. 앞서 말한 이사진 퇴진, 민주적인 임시이사 선임, 학교 현안 해결이란 수순은 무슨 의미인가? 여기서 민주적인 임시이사란 따지고 보면 전교조와 뜻을 같이하거나 전교조의 뜻에 충실한 인물들을 말하는 것이라고 할 수 있다. 임시이사가 파견되어도 그들이 전교조의 의도대로 움직여 주지 않을 때 전교조는 또다시 민주적인 임시이사를 파견하라며 분규를 일으킨다. 결국 전교조가 학교를 장악하겠다는 소리다. 학교 분규가 일어나는 것이 아니고 분규 자체를 만들어 내는 '기획 분규'가 일상화될 가능성이 농후하다.

🌀 "전교조는 피하는 게 상책이다"

지금 학교 현장에는 교장 앞에서 떠는 전교조 교사는 없어도 전교조 앞에서 떠는 교장은 많다. 난생처음 중학교 교장으로 발령받은 K씨는 교장 경력이 1개월밖에 되지 않았는데 "전교조 교사들이 직원조회 때 툭하면 마이크를 잡고 교장이 권위적이고 독주·독선을 한다면서 공격을 하는데, 1개월 된 교장 경력에 그렇게 할 시간이나 주었느냐?"고 한숨을 쉬었다.

전교조는 조합원 교육을 통해 "교장·교감의 발언을 항상 메모

하는 습관을 기르고, 뭔가 꼬투리가 잡히면 공개석상에서 폭로하라"고 일상적으로 부추긴다. 그들에게 교장·교감은 학교 교육과 학생 지도를 위해 함께 무릎을 맞대고 의논해야 할 동반자가 아니라 타도해야 할 적에 불과하다. 이런 전투적인 분위기에서 학교장이 합리적으로 전교조를 설득한다는 것은 매우 어려운 일이다.

학교장들은 이구동성으로 이렇게 말한다.

"전교조는 피하는 것이 상책이다. 학교 안의 사정을 잘 모르는 밖에 있는 사람들이나 상급 관청에서는 학교장의 리더십 운운하지만 이는 현장을 모르는 사람의 이야기다."

학교가 왜 이렇게 되었는가? 지금 전교조 교사들은 다른 공직사회가 어떻게 돌아가는지, 우리나라를 이끌어 가고 있는 대기업 사원들이 어떻게 일하고 있는지, 그리고 저임금에 시달리면서 열악한 환경에서 일하고 있는 많은 비정규직 근로자들의 처지를 생각하지 않는다. 집단이기주의와 편의주의만 추구할 뿐이다. 학교를 지키고 있는 학교장의 어깨가 축 처져 있다.

교장실을 지키고 있다고 해서 교장이 아니다. 교육인적자원부가 주관한 학교장회의에서 행한 학교장들의 발언 중 일부를 발췌·인용한다.

P교장 전교조 조합원은 파면되면 민주투사가 된다고 하면서 징
       계당하는 것을 오히려 좋아한다. 실제 징계를 당하자 학교

를 떠나 수업도 하지 않고 전담위원이 되어 전교조 사무
실에서 일하는 것을 좋아하더라.

B교장 다른 학교 교원인 전교조 지부장이 수시로 학교장 면담
을 하자는 식의 횡포가 심하다. 이를 거절했더니 비민주
교장이라고 매도한다.

G교장 교장·교감 승진 인사를 하는데 전교조에서 자기들이 원
하는 사람이 아니라고 반발하며 다시 선발할 것을 요구
하였다. 남교사 1명과 여교사 2명을 인사이동하는 과정
에서 전교조 조합원인 여교사 1명이 이에 반발, 여성부
홈페이지에 '학교에서 성차별한다'는 내용의 글을 올려
놓았다.

K교장 전교조 측에서 각 웹사이트에 교장의 자질 문제를 거론
하는 내용의 글을 올려놓았다. 인터넷 폭언이 많다.

H교장 전교조가 발행한 통일 교재 176쪽에 보면 윷놀이가 있는데
'국가보안법'이라는 자리에서 한 번 더 머무는 규칙이 있
다. 이러한 사항은 은연중에 학생들에게 스며들게 되어 있
어 정부의 대책이 필요하다.

C교장 우리 교육이 바로서려면 교원이 학생을 사랑해야 하는
데, 전교조는 말만 앞섰지 그렇지 못하다.

P교장 전교조 교사의 불법적인 행동에 대항할 학부모 단체가
필요하다. 교사들의 불법 집회 참가에 대한 엄정 조치가

이루어지지 않아 현장에서는 교육 당국의 발표를 우습게 여기고 있다. 전교조가 법을 위반해도 누구 하나 나서는 사람이 없다.

K교장 교원노조법 등 관련 법규를 준수하여 단체교섭을 하도록 하고, 전교조 교사들의 법규 위반행위에 대해서는 엄정한 조치를 하기 바란다. 특히 단위학교의 노조활동을 인정하는 단체협약을 체결하지 않도록 하고, 교장협의회 회원들의 의견을 검토하여 단체교섭 시 반영될 수 있도록 해 주기 바란다.

S교장 우리 학교 교원노조에서 현수막 설치 지원을 요구하였으나 거부하였다. 이러한 사항을 단체협약으로 수용하면 곤란하다. 교원노조법에 규정되지 않은 사항은 교섭 대상에서 제외하여 교사들이 학생 교육에 전념할 수 있도록 여건 조성에 노력해 주기 바란다.

Y교장 전교조는 전문화되고 조직화되어 싸우는데 교장 선생님들은 조직도 없이 외롭게 싸우고 있다. 당국에서는 전교조가 법 테두리를 벗어나면 단호히 대처해야 한다. 학교 내의 인사위원회 구성에 관하여 전교조 중앙에서 시달한 것이 있는데, 이것이 학교 내 인사위원회에 반영되고 단협에 반영되면 교장 선출 보직제도 도입은 시간문제다.

L교장 이전에는 전교조에 대해 호의적인 생각을 가졌는데, 집단

적인 실력행사로 문제를 해결하려는 빈도가 높아 전교조
에 실망하였다. 교원노조와 단체교섭 시 교장단 대표 참
석을 적극 검토해 주기 바란다.

M교장 인사자문위원회는 규제개혁 차원에서 폐지하여도 된다.
이는 교사들의 의견을 수렴해 민주적인 학교 운영을 하
기 위하여 학교마다 구성하고 있는 것으로 알고 있는데,
이는 자문기구이지 의결기구가 아니다. 담임 및 부장 임
명, 담당업무 분장 등은 교장의 권한이다. 이러한 권한을
제약하는 내용으로 인사자문위원회의 구성 및 운영을 하
도록 강제하는 것은 도저히 수용할 수 없다. 우리 학교
교원 중 이를 문제 삼아 여러 군데 투서한 사람도 있다.

N교장 교원노조와의 단체협상에 관하여 교장 선생님들이 너무
모르고 있다. 노조에서 '부당 노동행위한다'고 하면 학교
장은 교원노조제도에 대하여 모르기 때문에 대응을 제대
로 못하는데, 교장들도 교원노조에 대한 전문 지식이 필
요하다. 단체협약 적용 시 학교에 조합원이 2~3명이면 그
학교는 단체협약 사항이 적용되지 않는데, 타 학교에서
같이 몰려와 이행을 강요한다. 단체협약으로 할 사항이
아닌 것도 단체협약에 들어가 있다. 따라서 지금까지 체
결된 단체협약 사항을 재검토하여야 한다. 교육인적자원
부에서 시·도 교육청이 체결한 단체협약까지 검토해서

다음부터 단체협약 사항이 아닌 것은 제외하여야 한다.

C교장 사실상 분회를 묵인하는 학교가 있는데, 원리원칙을 지켜 나가야 할 것이다. 월 2시간 이내의 교원 전문성 신장과 교수-학습방법 개선을 위한 연수를 서울시는 '교내외'로 확대·허용하였다. 전교조의 세가 약한 학교는 인근 학교에 몰려가 같이 하자고 할 것이다. 위에서 무너지면 아래까지 무너지므로 교육인적자원부에서부터 법과 원칙을 엄정히 준수해야 할 것이다.

N교장 교사들의 불법집회 참가에 대한 엄정한 조치가 이루어지지 않아 현장에서는 교육 당국의 발표를 우습게 여기고 있다.

S교장 모 교사는 연가다 병가다 해서 결근이 잦은데다 보건휴가도 계속 사용해 학습지도에 지장을 주고 있다. 더욱이 일부 여교사들은 토요일에 결근해 연휴를 만들고는 사적인 일을 보거나 지방 나들이를 하는 등 동료 사이에 보건휴가를 그런 식으로 사용하도록 부추기는 행위를 한다.

이 외에도 많은 교장들이 "전교조 불법 부착물이 건물 안에 붙어도 제재할 방법이 없다", "전교조는 정확성과 신빙성이 없는 투서를 하고, 불법 서명운동을 하며, 불합리한 내용을 심의하기 위해 학교장 출석 요구까지 한다", "전교조 활동을 한 사람이 왜 민주화 열사가 되는가? 전교조는 교장과 대화가 안 되면 교육인 적자원부에 곧바로 전화하고, 교육청의 국장·과장에게 바로 전화한다. 이들은 겁내는 사람이 없으며, 교장·교감을 발의 때만큼도 안 여긴다. 학교운영위원회 선거철엔 살벌하다" 등을 호소하고 있다. 전교조는 학교장의 지도 한계에서 벗어난 지 오래다.

교감과 교무부장을 비롯한 간부급 중견 교사들은 물론 비전교조 교사들도 전교조 교사를 두려워한다.

내가 잘 아는 전직 교장은 이렇게 하소연해 왔다. 그가 교장으로 재직하고 있을 때의 일이다. 전교조 사무총장을 하다가 2년 임기 마치고 학교로 복귀 발령을 받은 교사가 있었다. 3월에 부임하고 바로 연가를 내더니 연거푸 3개월 병가를 내는 바람에 1학기 2학년 영어 수업이 잘 안 되어 학부모들의 항의가 빗발쳤다. 2학기에야 나와서 근무를 하기는 했지만 그런 상황이면 근무성적 평가는 '양'을 주어야 하는데 전교조와 한바탕 싸움을 벌여야 하기 때문에 '미'를 주었다.

그런데 그 전교조 교사는 1년 후에 노동청에 근무평정 재조정 신청을 내고 노동위원회에 교장·교감을 제소했다. 사유는 교육청에서 실시한 외국 유학시험에 1차 합격했는데 2차에 불합격한 것은 근무평정이 '미'이기 때문이라는 것이다. 1년 근무해야 할 것을 연가와 병가로 6개월만 근무해서 학생들에게 피해를 입혔으면 죄송하고 미안하게 생각해야 할 터인데 근무평점 재평가를 요구하며 교장·교감을 고발한 것이다. 이런 현실에서 교장이 자율적으로 학교 운영을 한다는 것은 거의 불가능한 일이다.

또 그 학교에는 지각, 조퇴, 결근을 밥 먹듯 하는 전교조 통일국장이라는 교사가 있었는데, 그는 전산실에서 성적 전산 업무를 맡고 있었다. 중간고사를 보는 날 시험지 창고를 잠가 놓고 열쇠는 집으로 가지고 간 채 결근을 하여 집으로 전화를 하니 부인이 외출해서 아기를 봐야 한다고 했다. 어쩔 수 없이 잠금 장치를 뜯어 내고 시험을 치렀다.

그런 일이 있은 후 교육청에서 복무감사가 나왔다. 출근부에 결석과 조퇴가 많은 것을 보고 사유를 물어와 전교조 국장 일 때문에 학교 일은 덤으로 생각하고 있으니 이런 교사를 임명권자인 교육감이 조치해 주어야 학교 운영을 할 수 있다고 하소연하자, 여러 상황을 자세히 적어 가지고 돌아갔다. 두 달쯤 후에 그 교사의 과거 행적부터 모두 조사한 교육청 감사관이 징계를 하겠다고 하면서, 그렇게 되면 전교조 측에서 재판을 걸어올 것이니 그때 교장·교감이 법원에 나가 증언을 하라는 것이었다. 결국 교장·교감이 전교조와 앞장서서 싸우라는 것이다. 교육청도 정부도 싸워서 못 이기는 전교조를 교장이 어떻게 상대해서 싸우겠느냐며, 살고 싶으면 모든 것을 없던 것으로 포기하라고 하여 할 수 없이 그렇게 하고 말았다는 것이다.

■ 보성초교 교장 왜 자살했나

2003년 4월 4일 충남 예산군 보성초등학교 서승목 교장이 자살로 삶을 마감한 사건이 벌어졌다. 사건의 발단은 보성초등학교 모기간제 여교사가 2003년 3월 18일 교육부 인터넷 홈페이지에 교장·교감의 일상적인 차 대접 요구를 거절하자 괴롭힘을 당하고 있다는 요지의 글을 올린 것이다. 이 여교사는 이틀 후 일지를 쓰듯 보다 상세한 내용의 글을 다시 교육부와 충남교육청, 여성부와 노동부, 예산군청, 전교조 등의 인터넷 홈페이지에 올렸다.

이후 서 교장은 해당 교사 문제가 언론에 보도되는 등 사건화되고 전교조로부터 서면 사과를 요구받는 등 정신적으로 압박을 당하다가 급기야 4월 4일 스스로 목숨을 끊었다. 당시 서 교장이 남긴 메모에는 토요일인 3월 22일 오전 11시 30분경 전교조 충남지부로부터 전화를 받은 것으로 되어 있었다. 그 내용을 보면 전교조가 대단히 고압적이었음을 알 수 있다.

"묻는 말에 똑바로 답하라. 허위로 밝혀질 때는 용서하지 않겠다. 그런 말은 법정에 가서 하라. 양심에 가책은 없느냐. 왜 잘 다니는 사람 그만두도록 강요했느냐. 우리가 갈 것이다."

이러한 공갈·협박은 진교조의 위세를 잘 말해 준다. 그리고 이러한 위세와 고압적인 태도야말로 서 교장에게는 극심한 심적 부담으로 작용했을 것이다. 또 교육자로서 살아온 외길 인생의 자존심에 큰 상처를 입었을 것임은 짐작하기 어렵지 않다.

교장들은 교육개혁이란 미명 아래 휘두른 칼날에 날갯죽지가 꺾인 데다가 요즘은 교사들이 사사건건 발목을 잡아 아무것도 못하겠다고 호소한다. 교장은 하늘에서 내려온 사람도, 땅에서 솟아난 존재도 아니다. 교사 출신이 교장이 되는 것인데, 이처럼 한 지붕 밑의 교육 공동체가 갈가리 찢겨 갈등을 빚고 있으니 공교육이 무너질 수밖에 없다.

그간 교육부는 학교 내 계층 간 갈등을 봉합하고 조정하기보다 정책 수행에 필요할 때는 교직사회의 갈등관계를 적절히 이용했다. 그 대표적인 사례가 교장 임기제와 교원 정년 단축이었다. 정부는 전교조의 압력에 끌려 다니며 비위 맞추기에 급급했다. 그래서 학교 현장은 갈수록 더욱 혼란에 빠지게 되었다.

서울시 이상진 교육위원의 이야기를 들어보자. 교장 재직 중의 이야기인데 그 내용을 여기에 옮긴다.

우리 교장들이 왜 이렇게 유약해졌나? 더 이상 묵과할 수 없다. 조용히 교직 말년을 보내려는 생각부터 버려야 한다. 우리도 이제는 전교조와 정면으로 맞서 그들을 단죄하는 일에 나서야 한다. 우선 그들에게는 민주화만 있을 뿐 우리의 전통 가치이자 사회를 결속시키는 중요한 가치인 예의나, 백 번 양보해서 최소한의 서양식 에티켓조차 없다. 설사 그렇지 않은 전교조 교사들이라 해도 전교조 상층부와 투철한(?) 전교조 교사들의 영향을 받아 일의 내용이야 어찌됐든 당장 상대방 기분부터 불쾌하게 만들며 대드는 태도를 본뜨는 경향을 보이는 실정이다.

먼 사례를 찾을 것도 없다. 서승목 교장의 일기장에서 발견된 메모 내용을 보라. "무조건 잘못했으니 사과하라. 가만두지 않겠다"는 식이다. 그런 태도에서부터 교장들은 견디기가 힘들다. 20년, 30년, 어쨌거나 교직을 천직으로 알고 묵묵히 살아온 원로 교사이자 대선배, 한참 연장자인 교감과 교장들에게 전교조 교사들이 따지고 드는 태도를 대하면 우선 그들에 대해 마치 속담 속의 그 무엇처럼 무서워서가 아니라 더러워서 피할 수밖에 없게 된다.

"당신이…", "이래도 되는 거요?" 이와 같은 말투는 차라리 점잖은 축에 속한다. 책상을 손바닥으로 탁탁 내려치면서 "이거, 이거 문제 아냐?" "이런 식으로 해도 되는 거야?" 같은 태도로 윽박지르고 대들기 일쑤다. 그러니 당장 무슨 일이나 문제가 있을 때 그것을 대화로, 토론으로 순순히 풀 수 있겠구나 싶다가도 그런 태도와 직면하면 솔직히 정나미가 확 떨어지고 목구멍으로 울화부터 치밀어 오른다.

🔲 교장 말 씨알도 안 먹힌다

교내에 무슨 문제가 생기면 학교 안에 있는 전교조 교사들이 나서는 경우도 있지만 해당 지역 전교조 지부 교사들이 출장 항의 또는 파견 방문을 한다. 그 시간에 어떻게 학생들을 좀더 잘 지도할 수 있을까를 연구하는 것이 낫지 않을까 싶은데, 어쨌든 둘씩 셋씩 다니면서 대뜸 교장실로 쳐들어와서는 마치 세상이 온통 자기들 주장이 옳다는 것을 인정이라도 하라는 양 따지고 든다. 이런 상황이니 어떤 교장이 그런 불편한 자리를 반기겠는가? 그래서 전교조 교사들은 무조건 피하는 것이 상책이라는 생각이 교장들 사이에 확산되어 있다.

실제로 이런 장면을 상상해 보라. 일주일에 한 번 있는 아침 조회 시간은 교장이 앞으로 한 주간 교사들이 학생들을 잘 가르치고 또 이런저런 활동도 잘하도록 독려도 하고 필요한 지침도 전달하는 기회다. 사실 이런저런 공지사항을 전달하기에도 빠듯한, 20분이 채 안 되는 시간이다. 그 시간에 공지사항을 전달하는데 갑자기 전교조 교사가 발언권을 달라며 툭 끼어든다. 어떤 특정 사안에 대해 문제가 있다면서 딴죽을 거는 것이다. 그럼 한 주간을 시작하는 회의 분위기를 망쳐 버린다.

또 문제를 물고 늘어지는 바람에 정작 전달해야 할 사항을 미처 전달하지 못하는 경우도 적지 않다. 옳고 그르고를 떠나 당장 그런 소수의 딴죽걸기로 교장은 물론 전 교직원이 상쾌하게 일주일을 시작할 수 없게 되는 것이다.

전교조는 학교 민주화를 내세우면서 교장이든 교사든 다 똑같다고 주장한다. 교장이 교사들에게 학생들을 가르치는 계획서인 교안 작성을 지시하거나 출퇴근 문제를 꺼내면 일단 부정적으로 받아들인다. "당신도 같은 교사에서 임명됐는데 그렇게 큰소리치느냐?"라는 식이다. 물론 교직사회는 엄격한 계선 조직이 아니기 때문에 실제로 별다른 구속력이 없는 것이 현실이다. 그래서 더더욱 교장이 교사의 잘못을 지적했을 때 이를 받아들이고 바로잡으려는 풍토는 기대하기 힘들다.

🌀 인터넷은 전교조 교사들의 대자보

서울시 교육청과 교원노조 간 단체협약이 체결된 이후 그런 딴죽걸기와 과도한 문제 제기가 그칠 날이 없다. 전교조 교사들이 단체협약을 근거로 내세우며 폐휴지 수집을 거부해 우리 사회에서 폐휴지 수거와 폐품 활용의 모범이자 교육장이던 학교와 교실은 지금 쓰레기가 넘쳐나고, 오히려 학생들에게 집으로 쓰레기를 되가져 가게 하고 있다.

한마디로 도대체 무엇을 하겠다는 것인지 도무지 알 길이 없다. 일반적인 상식으로는 이해할 수 없는 일들이 비일비재하게 일어나고 있다. 단체협약이라면서 출근부를 모두 없애고 나니 교사들이 출근을 했는지 안 했는지 교무실에서는 파악할 길이 막막하다.

학생들을 지도할 단기 · 중기 · 장기 교과계획안을 내라고 해도 시큰둥이다. 학교 교육을 최종적으로 책임지는 학교장이 학생들을 내 자식같이 돌아보려는 순수한 마음으로 교실에 들르면 전교조 교사들은 "도대체 왜 감시를 하는 거냐?"라며 따지거나, 따지지는 않더라도 눈을 치켜뜬다.

그런 그들에게 교장은 직장 상사도, 선배도, 고참도, 연장자도 아니다. 그저 두 눈 똑바로 뜨고 맞장을 떠야 할 적대적 세력일 따름이다. 학교를 민주화해야 한다면서 교장 고유의 인사 권한인 학년 부장교사를 임명할 때도 전교조 교사들은 "인사자문회의를 두어야 한다"고 운운하면서 교장을 밀어붙인다.

인터넷이 전교조 교사들의 대자보가 된 지는 이미 오래다. 서글프게도 교장이나 교감이 전교조 교사에게 잘못 보이면 해당 교장이나 교감은 인터넷에서 '보이지 않는 손'에 의해 인격을 난도질당하는 사례가 비일비재하다. 자살한 서 교장도 따지고 보면 학교 안에서 있었던 일을 합리적으로 처리하려고 했지만 그놈의 인터넷을 통해 인신공격이 난무하는 바람에 결국 목숨을 버리는 지경까지 몰렸다. 학교장의 처사가 마음에 들지 않는다 싶으면 대놓고 따지거나 인터넷을 통해 공격을 일삼는, 그것이 지금 우리네 교직 사회의 적나라한 현주소다.

🌀 과연 전교조를 다룰 수 있을까

전교조 교사들은 끊임없이 우리 학교 교육을 교장에 의한 권위 주의 체제라고 몰아세운다. 그러나 현실은 어떠한가? 학교장이 아무리 올바른 일을 추진하려 해도 전교조 교사들이 막고 나서면 할 수 없다. 현재 학교에서 교장이 취할 수 있는 자율권은 거의 없 다. 오늘날 학교 현장에서 교장의 권위주의는커녕 교장의 권위 자 체가 사라진 지 오래다. 이런 상황에서 교장들은 전교조 교사들에 게 밉보이지 않으려고, 인터넷에서 인신공격당하지 않으려고 아 무 소리도 못하고 외로운 인고의 나날을 보내고 있다. 전교조로 인해 어려움을 겪고 있는 교장들을 대변하는 글을 읽어 보면 이는 마치 절규처럼 들린다.

서울의 L교장은 교장으로 부임한 다음 전교조와의 상견례 회식 자리에서 한 교사가 술을 따르라고 하여 술병을 집어던지고 나왔 다고 한다. 일주일 후 새로 지은 숙직실에 가 보니 수업시간 중에 그 교사가 누워 있기에 "왜 수업시간에 누워 계시냐?" 하자, "여기가 당신 집이냐?"라고 대답하였다고 한다. 그리고 교장이 훈화를 하면 뒤에 서서 담배를 피우고, 전교조 집회 참석을 위한 연가 신청 문제로 교장을 폭행까지 해서 형사고발한 적이 있다고 했다.

학교 운영의 중심에 서야 할 학교장이 전교조 스트레스에 시달리고 있다. 그러다 보니 의욕이 없어지고 울화병을 앓고 있는 교장도 있다. 또한 전교조 눈치 보기도 바쁘다. 교장들이 새 학교에 부임하면 가장 먼저 챙기는 것이 "전교조 선생님이 몇 명 있느냐?" 하는 것이고, 다음으로 "강성이냐, 연성이냐?"를 묻는다. 새로 부임한 교장 모임에서 맨 먼저 나누는 이야기의 주류가 "그 학교 전교조는 어떠냐? 누가 지부장이고 누가 실력자냐?" 따위를 물어보는 세상이 된 지 오래다.

전교조는 "태산이 높다 하되 하늘 아래 뫼이로다"의 시조는 훈계조의 목소리만 두드러져 율격의 재미를 느끼는 데 실패한 내용이라면서 설교조의 시조를 창조적으로 개작하여 풍자하는 방법도 좋은 학습활동이 된다고 하고 있다. 그리고 다음과 같은 개작이 가능하다고 공공연히 말한다.

교장이 높다 하되 하늘 아래 사람이로다
돈 쓰고 아부하면 못 될 것도 없다마는
사람이 백 쓰지 않고 치사하다 하더라.

우리 시조를 이와 같이 개작하여 가르친다면 경로효친과 같은 전통이나 미풍양속은 사라지고 말 것이다. 전교조 교사들을 어떻게 다루느냐가 아니라, 과연 지금 전교조 교사를 다룰 수 있느냐가 문제다.

전교조는 '투쟁만이 살 길'이라는 식으로 모든 사안에 대응해 왔다. 그러나 정작 전교조가 학교에서 투쟁하는 과정에서 발생하는 부작용은 대단히 심각하다. 학교장 또는 선배 교사들에 대한 전교조 조합원들의 무례와 하극상은 이제 학생들도 따라 배울 정도가 되었다. 전교조는 근거 없는 인터넷 투서와 고소·고발을 일삼는가 하면, 학교 규정보다 노조 방침을 우선적으로 주장하고 규정에 따른 명령 및 징계 불복을 다반사로 하고 있다.

교육부가 집계한 시·도 단위의 교육현장 갈등 사례 발생 현황을 보면 농성, 집회 및 시위, 단위학교 내 갈등, 조퇴 및 연가 투쟁, 언론을 통한 사회문제화, 기타 사례 합계가 177건에 이른다. 여기에 교내 갈등 사례 고소·고발 건수를 합치면 오늘의 학교 현장은 갈등과 혼란의 수렁에 빠져 있다고 해도 과언이 아니다. 16개 시·도에서 농성, 집회 및 시위만 총 94건이 발생했으니까 1개 시·도에서 평균 5.9건 발생한 셈이다. 그로 인한 수업 결손과 행정 마비는 심각한 수준이다.

그런데 하나 짚고 넘어가야 할 대목이 있다. 참여정부가 본격 가동되면서부터 교육인적자원부는 아예 전교조의 불법 실태 파악을 의도적으로 피했다. 2003년만 해도 전교조의 불법 실태가 공개되었는데 지금은 그런 자료를 얻을 수가 없다. 국민은 전교조의 피해 사례를 알 권리가 있는데 알 길이 없다. 이는 교육인적자원부의 직무유기다.

🏵 전교조, 선배 충고 받아들여라

참여정부 시절, 전교조 해직 교사 출신인 김진경 전 청와대 교육비서관은 전교조의 교원평가 반대와 관련, "추진방법 등에서 문제를 제기할 수는 있어도 국민적 요구로 볼 때 교원평가 자체를 반대하는 것은 잘한 일이 아니다"라고 말했다.

교육부는 교직사회에 건전한 경쟁을 불어넣기 위해 2006년 처음으로 교원평가제를 시범 도입했으며, 전교조는 교원평가 저지를 그해의 최대 투쟁 목표로 정해 놓았다. 방과 후 학교정책에 대한 전교조의 반대와 관련해서도 김진경은 "소외 지역 학생이나 학부모에게 의미 있는 정책으로 학력 격차를 줄이려는 노력인데, 일부 부작용이 있다고 해서 이를 반대하는 것은 이해할 수 없다"고 말했다.

전교조가 가장 싫어하는 것은 경쟁이다. 교육정책 중에 경쟁을 유도하거나 경쟁적 요소가 조금만 있어도 반대한다. 교원평가, 학력평가, 방과 후 학교, 대학본고사, 고교평준화, 학교정보공개 제도, 국제고, 특목고, 자립형 사립고 등에 대한 반대 이유가 경쟁 요소가 있다는 것이다. 전인교육을 내세우지만 경쟁을 하면 교사의 자질과 실적이 나오게 마련이고 그것이 두려워 반대하는 것이라고 많은 사람은 그렇게 믿고 있다.

김진경은 "초기에 전교조 교사들의 주된 관심은 '학생 교육'에 있었지만 지금은 교사의 이해관계가 앞서는 등 순수한 정신이 사라진 것 같다"고 했다. 자립형 사립고, 국제중학교 설립을 둘러싼 갈등과 관련해 그는 "사회적 대화와 합의가 필요하다"고 강조했다. 또한 "자립형 사립고나 국제중학교 설립이 설득력을 얻으려면 소외 계층에 대한 교육정책 대안도 내놓아야 하는데, 그런 것 없이 중산층 이상에 대한 정책만 얘기해서는 곤란하다"고 했다. 전교조는 그동안 자립형 사립고와 국제중학교에 대해 '귀족학교'라며 반대해 왔다.

역시 전교조 해직교사 출신인 부산교육대학교 심성보 교수가 YMCA 교육민주화 선언 20주년 심포지엄에서 "전교조의 진보적 교사들이 민주화 이후에도 투쟁의식이 습관화돼 내면에 폭력의 싹이 자라면서 공격 대상이 사라져도 공격성이 남아 있고, 학생에 대한 보살핌의 마음이 사라지고 있다"고 지적했다.

초창기 전교조의 주요 멤버였던 이인규 전 서울미술고 교감은

"어떻게 보면 전교조만의 문제가 아니라 교사 사회 전체가 변화를 바라는 국민들의 생각과 요구를 못 따라가고 있다"면서 "전교조라도 앞장서야 하는데…"라며 아쉬워했다. 그는 "참교육이란 것이 학생들의 관점에서 교육을 잘하자는 것이고 그게 수업평가인데, 앞장서 하지는 못할망정 왜 거부하느냐?"면서 "과거에만 안주하고 변화가 필요한 부분에 대해서는 귀찮아하는 모습만 보이고 있다"고 질타했다.

서울미술고는 현재 매년 두 차례 학생들이 교사들의 수업을 평가하며 학부모는 공개수업을 통해 평가한다. 또 학생과 학부모가 학교 만족도에 대해서도 평가하며, 교사끼리의 다면평가도 도입했다. 전교조의 교원성과급 차등 지급 확대 반대 투쟁에도 이 교감은 매섭게 비판했다.

그는 "연공서열 인사는 바꾸자고 하면서 봉급은 연공서열로 받겠다는 것 아니냐?"면서 "성과급을 반대하는 것은 연공서열주의를 지지한다는 것과 같은 것"이라고 말했다. 전교조의 국제중학교 설립 반대에 대해 그는 "문제를 제기할 수는 있지만 전면화가 아닌 실험적 시도를 가지고 아예 물리적으로 못하게 '뭐든지 안 된다' 는 식은 곤란하다"고 말했다.

그는 "신자유주의 교육이니 뭐니 하는 이념적 해석을 떠나 현실적으로 실사구시(實事求是)의 관점에서 교육을 봐야 하고 경쟁적 요소도 어느 정도 개입될 수밖에 없는데, 전교조가 지나치게 알레

르기 반응을 보이고 있다"고 지적하기도 했다. 그리고 "전교조가 자신들만의 가치관에서 벗어나 국민들의 보편적이고 상식적인 생각을 존중해야 한다"면서 교사 이익을 대변하는 데서 벗어나 국민과 학생을 섬기는 자세로 나오면 국민들이 전교조를 다시 보게 될 것이라고 충고했다.

여기 실린 글들은 인터넷에 올라온 글 중에서 학생들이 본 전교조의 민낯과 그들에 고통당한 학생들의 목소리, 그리고 전교조를 떠날 수밖에 없었던 전교조 교사의 심정을 옮겨 적은 것이다.

🎐 이런 선생님, 왜 안 짤리는 거죠?

전교조, 이거 나쁜 거 아닌가요? 어떻게 전교조 선생님들이 안 짤리는 거죠? 저희 학교에 전교조 선생님이 네 분 계신데요, 모두 3학년 가르치시구요. 저희 담임 선생님도 전교조입니다. 전교조 중에 어떤 선생님은 교장 선생님한테 이 새끼 저 새끼 욕을 하면서 싸우고 그러는데, 어떻게 안 짤릴 수가 있죠?

저희 담임 선생님은 수학 선생님인데 전교조예요. 수업시간에 다른 전교조 선생님 불러서 기타 치고 노래를 부르질 않나, 한 시간 내내 한나라당 욕하구요. 미국 나쁜 건 아는데 수업도 안 하고 욕하구요. 솔직히 수업 안 한다고 좋아하는 애들도 있는데요. 저희 선생님이 가르치시는 반은 정말 평균이 바닥을 기어요. 그래서 괜히 앞 반 공부 못한다고 욕 먹구 - _ -. 이뿐 아니라 정말 전교조 선생님이 저희 반에서 수업하실 때 다른 전교조 선생님 들어와서 놀고 그런 게 한두 번이 아니에요. 수업시간에 이래도 되는 건가요?

아, 그리고 전교조랑 한나라당이랑 반대인가요? 제가 중3인데 정치에 관심이 없어서 이런 걸 잘 모르거든요. 그리고 솔직히 전교조 선생님들 이상해요. 도덕 선생님도 전교조인데 남자분이에요, 이 선생님은 정말 선생님 자격도 없는 것 같아요. 애들한테 갑자기 성교육 한다면서 수업시간에 일부러 야한 얘기 막 들려주고요.(참고로 저한테는 성교육이 아니라 성희롱처럼 들렸습니다. 남녀공학인데 여자애들은 정말 끝나고 욕 많이 했어요. 민망하게 이게 뭐냐고요.)

진짜 이 선생님은 수업시간마다 거짓말 하나도 안 보태고 45분 중 30분은 수업 안 하고 야한 얘기, 담배를 피네 마네, 하여튼 안 좋은 거 다 가르치고요. 도저히 기분 나빠서 수업을 못 받겠어요. 민망하구. 이거 신고하면 안 되나요?

솔직히 전교조 선생님들 네 분이 모여다니면서 그러는 거 도저히 못 참겠어요. 수업을 제대로 안 하는데, 도대체 왜 안 짤리는 거죠? 툭하면 수업시간에 전교조 얘기 하면서 교원평가가 어쩌구 저쩌구. 도저히 못 참겠어요. 뭐, 저야 이제 졸업이지만 고등학교 가서도 전교조 선생님 많이 계실 거 아니에요. 들어보니 전교조 선생님이 담임되면 야자도 못한다는데 걱정돼요. 교원평가 실시 안 하나요? 교원평가가 그렇게 안 좋은 건가요? 솔직히 이런 선생님들은 애들한테 방해만 되고 교사로서의 자질이 없다고 생각해요.

여러분은 어떻게 생각하세요? 아, 답답해요. 그리고 전교조 선생님이 자기가 노동자라고 그러는데, 이건 그냥 궁금해서 그러는데 이거 나쁜 뜻인가요? 무슨 자신이 하늘이 내린 교사라고 그러면서. 그리고 고등학교는 전학 가기 되게 어렵다는데요. 만약 전교조 선생님이 담임이 되면 어떻게 야자 할 수 있는가요? 야자 꼭 해야 하거든요.

어린 중학생의 이러한 질문에 대해 많은 네티즌들이 답신을 보내 주었다. 전교조도 답을 보냈다. 질문자는 많은 도움이 됐다고 인사를 하고 있으나, 그 답변이 그 학생에게 진정으로 도움이 되었을까 의문이다. 전교조 답변이다.

지금도 그렇지만, 옛날에는 더더욱 교육이 정치권의 앞잡이가 되는 경우가 많았습니다. 또 학생들을 위한 교육이 아닌, 학생들을 억압하는 교육이었습니다. 뭐 지금도 그런 면이 없지는 않지만, 옛날보다는 많이 좋아졌죠. 쉬운 예로, 옛날에는 학생의 인권이라는 인식 자체가 없었고 교사가 때리면 그저 맞아야 하는 것이 학생이었으며, 그로 인해 잘못된 체벌이나 형벌도 많았습니다. 뭐 어찌됐든, 과거의 어려운 시절에 '참교육'을 위해 발버둥친 교사들이 있었으니 이들이 전교조 교사들입니다.

이들은 '진정한 교육, 진실된 교육'을 위해 애썼습니다. 그리고 부조리한 학교의 교장·교감과 정부시책에 대항하기 위해 노조를 결성했는데 그게 바로 전교조입니다. 얼마 전까지만 해도 전교조는 불법단체였습니다. 그래서 진정으로 학생을 위하는 교사들이 실직, 해직을 당하고 교도소에 가기도 했습니다. 이때까지만 해도 전교조는 나쁜 것이 아니었습니다. 오히려 부조리함으로부터 교육을 수호하는 정의로운 조직에 가까웠다고 할 수도 있겠지요.

그러나 전교조가 합법화된 이후 상황은 달라졌습니다. 전교조의 많은 조합원들의 의견은 각각 나누어지기 시작했고, 전교조에서 내세우는 이념과 조합원 개개인이 내세우는 이념이 충돌하기 시작했습니다. 뿐만 아니라, 질문자님의 학교 교사들과 같이 어중이떠중이 같은 교사들이 전교조에 가입함으로써 그들로 인해 전교조가 욕을 먹기 시작했고, 국민들의 신뢰를 잃기 시작했습니다.

현재 전교조 교사들 전부가 나쁘고 잘못된 것은 아닙니다. 교사를 '전교조 교사'와 '비전교조 교사'로 구분해서는 안 됩니다.

다만, 잘못되고 나쁜 교사들이 전교조에 가입해 있는 것뿐입니다. 전교조 자체가 나쁜 것은 아닙니다. 과거 한때 전교조는 학생을 위한 참교육, 부조리한 사학에 대한 저항을 했던 좋은 단체입니다. 흑백논리로 전교조는 나쁘다고 하는 것은 조금 맞지 않는 것이며, 질문자님이 말씀하신 문제가 있는 교사는 각 시·도 교육청 사이트에 건의 혹은 신고하시는 것이 좋을 것이라고 생각합니다.

전교조 답변은 동문서답으로 황당하고 무책임하다. 전교조가 자체 조사를 하겠다는 이야기도 없고 남의 말 하듯 한다. 만일 교장이 이런 행동을 했으면 어떻게 되었을까. 다른 학교까지 하이에나 떼처럼 몰려가 난리를 쳤을 것이다. 전교조 눈치 보는 교육부나 교육청이 해결해 준다고 믿는 교장은 대한민국에는 아무도 없을 것이다.

어린 중학생의 글 중에 우리를 놀라게 하는 무서운 말이 있다.

"미국 나쁜 건 알지만…."

이는 무엇 때문이며 무엇을 의미하는 것인가. 이 어린 학생은 전교조를 호되게 비판하면서도 어느새 그 전교조가 자신을 의식화 교육의 제물로 삼았다는 사실만은 모르고 있는 것이다. 일찍이 레닌은 "거짓말도 계속하면 참말이 된다"고 하였다. 끝없이 들려주는 전교조의 반미(反美) 노래를 들으며 어린 중학생의 마음속에는 미국에 대한 증오심이 싹트고 있었을 것이다. 이에 대해서는 누가 책임을 질 것인가.

  그러나 나는 여기서 전교조 교사들 중에는 남다른 열정을 갖고
열심히 일하고 있는 선생님들도 있다는 것을 인정한다. 그러나 그
것이 전교조 소속 조합원의 비교육적 행위를 덮고 갈 수는 없다.
그런 교사는 찾아내 필요한 조치를 내리는 것이 행정기관의 책임
인데, 이를 나 몰라라 한다.

  2007년 11월 서울시 교육청에 대한 행정감사가 있었다. 나는 서
울시 교육감과 11개 교육구청의 교육장을 상대로 시의원 자격으
로 질의를 했다. 위의 중학교 학생의 글을 읽어 주고 확인하였다.
교육감은 그런 글이 인터넷에 올라와 있다는 사실을 확인했거나
보고받은 바가 없다고 했고, 11개 교육구청 교육장도 마찬가지였
다. 본청의 실국 · 과장이나 장학사, 장학관 그리고 산하기관의 교
육행정가 누구도 이 사실을 알고 있는 사람이 없었다. 인터넷 접
속 건수가 1만 건이 넘는데, 이것이 바로 우리 교육의 현실이다.

  나는 이 어린 중학생을 찾아 다같이 사죄하자고 제의했다. 당시
고등학생이 되었을 이 중학생을 찾아 교육감 이하 모두 무릎 꿇고
사죄해야 한다고 질책했다. 이런 상황에서 학생들이 학교를 등지고
학원 문을 두드리고, 지금 이 시각에도 해외연수, 유학을 위해 인천
공항으로 몰려가는 것은 당연하다며 따졌다. 나는 지금은 20대 중
반이 되었을 그 청년을 만나 이야기를 나누고 싶다. 평생 교직에
봉사한 나 자신이 부끄럽다. 술 한잔 하면서 사과하고 싶다.

제가 만나본 선동하는 전교조 교사

제 아이디에서도 아시겠지만 전 고등학생이고요, 그렇다 보니 전교조 교사들과 아직도 촛불집회를 민주화운동의 향수 따위로 여기는 정신없는 선생님들을 자주 만나게 됩니다. 이들에 대한 이야기를 몇 글자 적어 봅니다.(게시판이 여기가 맞는지 모르겠네요. 운영자님 재량으로 옮기셔도 괜찮습니다.)

1. 초등학교 6학년 담임 L선생
이분은 전교조 소속이셨고, 친북은 아니지만 반미를 참 많이 가르치셨습니다. 제가 5학년 때 당시 미군 장갑차 사건으로 사회적으로 반미 분위기가 무섭게 조성되어 있던 때였는데, 아이들 마음속에 반미를 심어 주기 위해 참 애쓰셨습니다. 아직도 기억에 남는 장면이 하나 있습니다.

"얘들아, 미군이 한국에 왔어. 왜 왔는 줄 알아? 북한이랑 우리랑 싸움이 날 거라고 생각하나 봐? 그런데 미군이 한국에 왔어. 사람을 죽였어. 어떻게 되었게?"

초등학교 5학년 학생들은 본인이 생각하는 답을 말했습니다.
"사형이요! 감옥에 가요!"

그러자 선생님은 "아니야. 사람을 죽이면 감옥에 가야 하고 벌을 받아야 하지만 미군이 한국 사람을 죽이면 화장실 청소 한 번 하고 말아."

어떻게 배운 사람이라는 교사의 머리에서 이런 터무니없는 발상이 나왔을까요? 대부분은 이 이야기를 믿고 미국에 대해 이를 갈았습니다.

2. 초등학교 6학년 담임 K선생

저희 초등학교 전교조의 '대장' 격이었습니다. 반전 촛불 배지를 유포했고요. 우리에게 기타 치며 노래를 가르쳤는데 그 노래 아직도 기억합니다. 입에 담기도 짜증나는 노래인데, 초등학교 때라 아무것도 모르고 따라 불렀습니다. 나중에 알고 보니 다 운동권들이 즐겨 부르는 노래더군요.

한번은 북한 방문자 출신 선생님을 모셔와서 이상한 수업을 듣게도 했습니다. 초딩인 제가 듣기에도 참 진부했고 뻘쭘(민망하다 또는 어색하다를 속되게 이르는 말.)한 내용뿐이었는데, K선생은 이 선생님의 '일장연설' 후에 박수를 유도해 내더군요.

철저한 친북·반미주의자였어요. 전교조 회의와 집회 참여 등으로 자리를 자주 비워 그때 회장을 맡고 있던 저에게 아이들을 떠맡기는 등의 무책임한 행동을 일삼았습니다. 저는 덕분에 아이들에게 "회장이면 다야?"라는 식의 욕을 먹게 되었죠. 이외에도 영어는 바보 언어이며 유럽인들은 개의 후손일지도 모른다는 이야기를 자주했습니다. 그리고 철저한 한겨레 예찬론자였습니다. 병역 면제자 출신으로 군에 가는 2년의 시간이 아깝다며 군대 폐지를 가르쳤습니다.

그러나 하이라이트는 이 사건에 있습니다. 전교조들의 성품을 확연히 보여 주더군요. 한번은 전교조에서 발행하는 모 잡지를 어떤 남자아이가 훼손한 적이 있었습니다. 표지를 조금 찢었지요. 그 아이는 전교조 잡지였는지도 몰랐을 것이고 그냥 그 잡지를 같은 학교 모 선생에게 전달하러 가는 여자아이에게 장난을 친 것뿐이었습니다. 그날 그 아이는 전교생이 다 모인 복도에서 따귀를 맞고 엎드려뻗쳐 후에 발길질을 당했습니다. 전교조 성품이 정말 확연히 드러났죠. 입으로는 정의와 인권, 평화 따위를 외치면서 자기들의 일을 누가 조금이라도 방해하거나 훼방을 놓으면 엄청난 보복을 하는 것이 그들의 성품이에요.

3. 중학교 2학년 도덕 K선생

저는 2004년 중학생이 되었습니다. 그리고 K선생을 만났고요. 이 K선생님은 좀 과격한 통일론자로서 내일이라도 당장 통일을 해야 한다고 말했습니다. 아이들에게 운동권 또는 불법 비디오를 자주 보여 주었고요. 심지어는 민주화운동 당시 나돌았던 기상천외한 소문들을(전혀 검증 안 된) 한참 예민한 중학생 아이들에게 마구 알려 주었습니다. 어떨 때는 이 선생의 수업을 듣는 것 자체가 괴기영화를 보고 있는 것 같은 기분이 들더군요.

이 K선생의 괴기영화(비유하자면)에서 언제나 정부는 변태, 살인자, 강간범, 치한, 폭력적·비윤리적 존재를 맡았고요. 자기를 포함한 운동권들은 모두 순백의 새하얀 존재 역을 맡았습니다. 그리고 6·25전쟁이 남침인지 북침인지를 알 수 없다는 소리까지 하며 가상 시나리오까지 들려주더군요. 이건 사상과는 관련 없는 문제일 수도 있는데요. 성교육을 시켜 준다고 파워포인트 자료를 보여 주면 한동안 수업을 까먹었던 적이 있었습니다. 저희 학교는 남녀 각반이라 여자, 남자 따로 있었는데요. 당시 K선생에게 성교육을 받았던 저와 제 친구들은 모두 교육을 받은 것이 아니라 추행을 당한 듯하다는 느낌을 받았습니다.

4. 중학교 도덕 Y선생
엄청난 친북 선생님이었습니다. 북한 방문만 여러 차례 했으며 북한 사람들은 모두 잘 살고 자유를 누린다고 미화하더군요.

5. 고등학교 한문 Y선생
지금도 저는 Y선생에게 수업을 듣습니다. 딱히 가진 지식 없이 무조건 아이들에게 정부가 잘못하고 있다고 말합니다. 정부가 대한 불신을 싹틔우는 데 한몫 하고 계시지요.

6. 고등학교 생물 J선생

광우병에 대한 괴담이 퍼지기 전에 J선생이 저희 고등학교 전체에 광우병 괴담을 퍼뜨린 주역이었습니다. 자신은 이미 이명박 탄핵 서명을 했다고 자랑스럽게 말하며 어묵 국물을 마셔도, 과자를 사먹어도, 라면을 먹어도, 소시지를 먹어도 광우병에 걸린다고 말해 아이들을 충격 속에 빠뜨렸습니다.

우리가 가장 심각하게 받아들였던 괴담은 '광우병 생리대'였는데요, 생리대를 쓰다가 광우병에 걸린다는 논리를 펼쳤습니다. 후문이지만 이야기를 듣고 부모님에게 "광우병 소 들어오기 전에 빨리 생리대부터 사 놓으라!"는 이야기를 한 아이들이 여럿 있었다고 합니다. 또 시민과 함께하는 변협을 비리단체라고 매도했습니다.

7. 고등학교 지구과학 N선생

ROTC 출신이라는 사람이 애국심은 제로예요. 수업 시간에 아예 "저는 북한을 존경합니다"라는 말을 했습니다. 그가 북한을 존경하는 이유가 무엇인 줄 아세요? 학술용어를 북한말로 바꾸어 사용한다고 존경한답니다. 학술용어는 전 세계적으로 통용되는 말인데, 북한이 똥고집 부리느라 끝까지 안 쓰고 자기들 말로 고쳐 쓰다가 현재 세계적 과학포럼 등에서 북한이 왕따를 당하고 있는 상황을 잘 모르는가 봅니다.

그의 언행은 끝나지 않았습니다. 한참 독도 이야기를 할 때 "독도 줘 버리고 간도 찾자"는 어이없는 소리를 했습니다. 독도는 일본이 고집부리는 거고 엄연한 우리 땅인데 왜 일본에 독도를 줍니까? 그리고 독도 주면 누가 간도 준답니까? (물론 간도도 우리 땅으로 볼 수 있지만) 일본이요? 참 어이가 없어서 혀를 찼습니다.

8. 고등학교 문학 N선생

저희 학교에서 쓰는 문학 교과서는 이상하게 운동권들이나 좌파 문인들의 시, 문학작품이 많이 실린 것 같습니다. 하여튼 N선생은 운동권의 시를 가르치며 "촛불집회도 이런 것이 아니겠냐"는 의견을 폈습니다. 특히 '껍데기는 가라'의 마지막 연에 촛불집회에 대한 내용으로 "한 연 추가해도 되지 않을까?"라는 소리까지 했습니다.

9. 고등학교 문학 S선생

S선생에게 보충 외의 정규수업은 듣지 않는다는 것이 저에겐 얼마나 감사한 일인지 모릅니다. 그는 노무현 예찬론자에 재벌들을 모두 도둑놈으로 몹니다. 노무현이 최고의 대통령이었고 앞으로도 그럴 것이라며, 전문가들은 모두 노무현이 잘했다는 쪽으로 손을 들어준다고 말합니다. 그런데 한 번도 그 '전문가'들의 이름이나 '노무현이 잘한 정책'에 대해서는 말해 준 적이 없습니다. 성품도 참 뭐 같아서요, 급식실에서 세치기했다고 남학생의 따귀를 때렸습니다.

그런데 이 모습을 J모 여학생이 경찰에 신고했고 학교로 경찰이 왔었습니다. 경찰이 왔다간 후 그 여학생을 불러다가 "이년아, 니가 뭘 알아, 이년아~" 하면서 온 교무실이 흔들리도록 욕을 했다고 합니다. 또 한 번은 신발을 신고 계단을 내려오던 여학생이 자신에게 욕을 했다며(욕 안했는데) "뭐, 이년아?" 하며 다리까지 걸어찼습니다. 저와도 한 번 크게 부딪힌 적이 있거든요. 그리고 저도 어디 가서 억울한 일은 절대 못 참고, 말을 못하는 편도 아니기에 오히려 트집을 잡고 누명 씌우려던 그 선생이 몰리고 있었습니다. 결국 전 교무실까지 끌려가서 동료 선생님 세 명에게 집중공격을 당해야 했고요.

1학년 된 지 한 달 만에 자퇴할까 자살할까 심각하게 고민을 해야 했습니다. 나중에 S선생이 1대 1로 만나서 이러더군요. "내가 너보다 10년, 20년은 오래 살았는데 너 같은 애들 보는 앞에서 너 같은 애한테 창피를 당해야겠냐? 내가 맞다면 맞는 거지, 넌 그게 제일 괘씸해, 알아?" 이 S선생 말대로라면 오래 산 사람 말은 모두 맞는 건가 봅니다. 예를 들면 허경영 씨는 1950년생이니까 그분이 외계인과 통신한 이야기, 병자치유, 축지법 등의 말은 모두 맞는 말이군요.

10. 고등학교 세계지리 L선생

저희 고등학교에서 L선생이 최고 악질(?)입니다. 자, 이분의 실력은 어떨까요. 이분은 "영국, 프랑스, 네덜란드, 마드리드" 이럽니다. "영국, 프랑스, 네덜란드, 에스파냐 혹은 스페인" 이렇게 말해야 하는데.

이분 역시 저희 학교에 광우병 괴담이 널리 퍼지는 데 일조하였습니다. 아예 PD수첩을 보여 주셨죠. 다행히 저희 반엔 틀어 주지 않았는데, 저희 반 학생들 몇몇은 수업하기 싫어 PD수첩 보여 달라고 했습니다. 역시 친북·반미주의자구요. 미국이 하는 건 뭐든 다 깡패 짓이라고 말합니다.

그리고 뉴라이트전국연합이나 조선일보, 중앙일보, 동아일보는 권력의 끄나풀이며 매국노들이라고 말하는데, 실제로는 L선생이 더 매국노인 것 같습니다. (같은 L씨인데 이완용의 후손이 아닐까요?) 툭하면 수업시간에 "우리나라는 일본에 비해 질서를 안 지킨다", "일본에 비해 성격이 너무 급하다", " 일본에 비해 절약할 줄 모른다" 이런 소리를 합니다. 일본과 우리나라의 민족성 차이를 무시하고 열등감을 고취하는 말이 아닐까 싶습니다.

독도 문제로 들끓을 때는 "독도가 일본 땅이라는 문서가 나오면 어쩔래?"라는 말까지 했습니다. 독도에 관한 기록은 일본보다 우리가 더 앞선 기록을 갖고 있지 않습니까? 정말 우리나라 국민이 맞는지 의심스럽습니다. 북한이나 일본의 스파이 같습니다. 역시 이상한 정보를 유포하구요. 출처는 이야기 안(못)해 줍니다.

여기까지 조금 정신없게 써봅니다.

저는 제 나름의 가치관이 서 있지만 아직 자신의 가치관이 온전하게 서지 않은 제 친구들이 학교 선생들의 망언에 휘말려 온전치 못한 가치관을 갖게 될까 두렵습니다. 지금은 아침 7시부터 11시까지 학교에 있는 고등학생들이지만 언젠가 이 고등학생들이 사회로 나가고 한 표를 행사하고 사회활동을 하는 '어른'이 될 테니까요.

저는 고등학생입니다

저는 현재 서울에 있는 고등학교에 다니고 있는 학생입니다. 저는 촛불집회에 반대하고, 현 대통령을 지지하는 약간 보수적인 사람인데요. 학교에서 돌아가는 꼴들이 말이죠. (요즘은 촛불집회가 많이 잠잠해져서 많이 나아졌지만요.) 이 얘기는 한 달 전의 일입니다.

친구들이 이명박 대통령 욕을 하기에 "취임 100일밖에 안 되었는데 기대해 보자"라고 했더니, "쟤는 엄마, 아빠 말만 듣고 저래"하면서 핀잔을 주더군요. 얼마나 창피하던지요. 저한테 창피를 준 그 세 명의 친구들은 반아이들에게 "얘는 ~라고 생각한대"라면서 아예 공개망신을 주더군요. 그 세 친구 중 한 명은 대통령 얘기가 나오면(쥐 얘기가 나오면) "이 쥐는 이명박이다", "뇌송송 계란탁"이라고 하면서 대통령님을 너무나 우습게 보더군요. 이게 과연 대통령님으로서 받아야 할 대우 맞습니까? 다들 너무하다는 생각이 들 더군요.

그 후 시위 강력진압이다, 뭐 이런 얘기 나올 때쯤에는 선생님이든 친구들이든 촛불시위나 소고기 얘기해도 서로 얘기 안 하려고 꺼리더군요. 나중에 시간이 지나서 알게 된 건데, 저희 반에 저 말고 두세 명 정도가 저와 의견이 통하고 있었는데 무서워서 얘기를 안 하고 있다가 저에게 넌지시 "난 촛불시위 하는 사람 이해가 안 가더라"라고 얘기하더군요. 참 다행입니다.

근데 더 웃긴 것은 저희 학교 미술 선생님이 2학기 포스터 주제로 '광우병과 촛불시위'를 정하셨다는 겁니다. 평소에도 되게 유별나고 독창적으로 소문이 나서 "음~ 저 선생님 재미있겠구나!" 했는데 실망했습니다. 저희 반 아이들이 미술시간에 모빌 같은 것을 만들고 있는데 미술 선생님이 "너희들 중에 촛불시위에 간 사람 있니?"라고 물으셨는데 아무도 손을 들지 않자, "너희들 시국 상황에 뭐하는 짓이니?"라고 하시더군요. 너무 황당해서, 저 평소 얌전한 성격인데 순간 선생님께 대들 뻔했습니다. 이게 말이 됩니까? 포스터 주제로 '광우병과 촛불시위'를 그리라니요?

제가 한 이야기는 크게 나누면 두 가지지만, 여러분도 꼭 아시면 좋을 것 같아서 이렇게 올립니다. 두서없이 막 썼는데 이해해 주시고 좋게 봐주세요.

🏵 전교조 교사들의 시위

난 예전에 중학교 때 우리 담임 선생님이 전교조에 대해서 설명해 주신 일이 있었다. 그리고 전교조에 가입되어 있는 분들이 우리 학교에 좀 있다고 말씀해 주셨다. 난 그때 전교조가 정말 좋은 단체인 줄 알았다. 그리고 앞으로 전교조 선생님들을 만났으면 좋겠다고 생각했다. 왜냐하면 우리 담임 선생님은 정말 좋은 분이셨다. 항상 아이들과 같이 생각해 주고, 고민이나 상담 그리고 자신의 일에 대해 항상 모범적인 분이셨기 때문이다. 최소한 내가 느낀 선생님의 모습은 그랬다. 그리고 그 선생님은 다른 선생님과의 관계도 좋았고 교무실에서도 항상 누군가 대화를 하고 있고, 웃으면서 답해 주셨으며, 우리 반 아이들도 선생님을 잘 따랐다.

난 솔직히 이곳에 글을 쓸 만한 인물은 못 된다. 논리적이지 못하고 누군가와 한 번도 토론다운 토론을 해 보지 않았으니까. 하지만 전교조가 계속해 온 시위들을 보면서 마음이 너무 아팠다. 그리고 이 시대에 태어난 우리 학생들이 너무 불쌍하고 걱정이 되었다. 내가 느낀 것은 선생님들이 왜 저렇게 매번 나와서 그럴까라는 생각이 먼저 들었다. 뭐 자신들이 이유가 있어서 나왔겠지만, 지금 학교 교실이 무너졌다는 이야기가 심심치 않게 나오는 마당에 조금이라도 고민해야 하는 마당에 "저러고 싶을까"다.

"우리 선생님 시위 나갔대."

그러면 부모님은 이렇게 말씀하신다.

"니네 담임은 맨날 그런 데나 나간다냐? 선생들이 문제야."

일반적인 눈으로 보면 그렇게밖에 안 보인다. 교사가 일해야 하고 근무해야 할 시간에 아이들은 내팽개치고 시위하는 곳에나 가있고, 아무리 아이들을 사랑하는 선생이라 하더라도 그게 아이들을 위한 길이라고 생각할까?

또한 요즘 아이들은 머리가 많이 커졌다. 그래서 전교조가 뭔지 안다. 전교조가 어떤 단체이고 지금 하는 일이 좋은지 나쁜지 가려내고 선생에게 따질 수 있는 학생도 있다. 근데 지금 전교조의 모습은 우리나라 교육을 위한 길보다는 자신들의 이득만을 취하는 모습이 너무 큰 것 같다.

내가 다 아는 것은 아니지만, 교원평가제 가지고도 말이 많은데, 예를 들어 정말 성실한 교사라면 교원평사에 자신이 있을 것이다. 그리고 학생들이 그렇게 무뇌충들만 모였는가? 맨날 놀게하고 혼 안 내고 그렇게 하면 선생님들에게 좋은 평가가 나올까? 지금 학생들 앞에서 이야기한 것처럼 옛날 학생과는 달리 자신들의 주장과 생각이 있는 학생들이다. 성실한 선생님의 모습을 알수 있다. 학생들을 과소평가하지 말란 이야기다.

지금 교사들의 이런 행동은 솔직히 학생들은 너무 과소평가해서 나오는 행동이라 생각한다. 그리고 진정한 교육이 무엇인지 모르기 때문에 하는 행동이라고 생각한다. 말로만 주입하는 그런 식 교육이 지금 학생들에게 먹힐 것이라 생각하는가?

난 한 가지만 말하고 싶다. 제발 솔선수범하고 본이 되는 교사, 행동으로 보이는 교사가 되라. 나 교회 다닌다. 그래서 이런 비유 좀 대볼게. 예수님처럼 사람들의 이야기를 많이 듣고 손수 행동하는 모습을 보여 줘라. 시청에 가서 떠들지 말고 아이들에게 몸으로 보여 주는 교사가 좀 나왔으면 좋겠다. 교사가 아이들을 잃으면 그건 다 잃는 것이라고 생각한다. 훌륭한 선생님이라고 불리는 많은 위인들이 어떤 교사의 모습을 가지고 있었는지 다시 한 번 새겨보라. 훌륭한 교사는 말로 떠들지 않는다.

전교조가 정말 이 나라의 교육을 위해서 존재한다면 지금의 행동은 완전 아니다. 각자 자신들의 자리로 가라. 교사가 한눈 팔면 나라가 망한다. 지금 교사들이 시선을 고정해야 할 곳은 교육법이 아니라 학교법이 아니라 학교 그 자체다. 학생 그 자체라고!

만일 나라의 교육을 당신들이 원하는 방향으로 이끌고 싶다면 훌륭한 제자, 훌륭한 교사를 키워라! 그래서 교육부로 보내라! 제발 어떤 것이 더 중요한지 알고 움직였으면 좋겠다. 너무 긴 장문에 팔이 아프다. 나도 무슨 소리인지 잘 모르겠다. 읽는 사람들 고생 많이 했습니다.

﹂ 전교조 선생님의 전교조 비판

전교조는 투쟁의식이 습관화되어 있다. 체제 유지를 위해서 내면에 폭력의 싹을 키우는 것이 아닌가 한다. 폭력의 싹이 자라면서 공격 대상이 사라져도 계속 공격을 한다. 그들의 폭력은 언어 폭력으로부터 시작한다. 거칠고 품위 없는 언어가 교사들의 입에서 거침없이 나온다. 전교조 교사가 쓴 시에 "나라도 아닌 나라, 대~한민국, 아 씨발, 대~한민국" 이런 말이 공공연히 나온다.

부산 전교조가 제작한 APEC 정상회의 바로 알기 동영상 자료를 보면, 조롱의 대상은 부시 미국 대통령이다. 동영상 속 부시 대통령의 입에서는 퍽(fuck, 망할 자식들)이라는 욕설이 계속 튀어 나온다.

오우 여러분, 퍼킹 반갑습니다. … 이 퍽 같은 얼굴 보니 좀 살맛나죠(야유)….

아무튼 테러하는 ××들 다 때려잡아야 돼. 걸리면 다 죽어. 퍽…."

야 무현이, 니 디질래? 이 퍽하고 나빌레라.

야 그 촛불 든 새끼들, 다 퍼킹 테러리스트 아니야?

까라면 까지 뭐 말이 많어. 퍼킹

(오사마 빈 라덴에게) 이거 테러하는 새끼들 다 때려잡아야 돼.

(미국 뉴올리언스의 허리케인 카트리나 피해 지역에서) 사람 많이 죽은 거 이거 테러 아니야?

🏵 가슴 아파하는 전교조 선생님의 고백

'권력화 된 전교조, 현장과 괴리된 전교조를 보며'라는 글을 익명으로 올린 전교조 교사가 있다. 가슴 아파하는 어느 전교조 분회장의 고백을 들어보자.

(…) 간혹 전교조 분회장이 교무회의에서 발언하려고 하면 학교 관리자와 일부 선생님들은 기를 쓰고 저지하려고 했고, 그럴수록 전교조 분회장은 악을 썼다. 그런 날은 하루 종일 냉하게 보내거나, 서로를 외면하기도 했다. 상호 불신 풍조가 만연하던 시대에 흔히 볼 수 있었던 교무실 풍경이었다. 보충수업이다, 자율학습이다, 주번 근무 등에 대해 문제를 제기하고, 고투 끝에 바라던 바를 성취하고 나면 여러 선생님으로부터 찬사를 듣고…. 이런 것이 전교조 존재의 이유라고 자부하기도 했다.
(…) 교육행정정보시스템(NEIS) 문제로 시끄러울 때, 나는 3학년 담임이었다. 대입 전형 자료 제출 때문에 분회장이면서도 순순히

NEIS 인정서를 받았는데, 그해 분회장 모임에서 처신을 잘못했다는 지적을 받았다. 굳이 변명하자면, 10명의 3학년 담임 중 나 하나로 인해 학교 업무에 차질을 주고 싶지 않아서였다.

하루는 모 일간지를 보다 전임 분회장으로부터 지적을 받았다. 명색이 분회장인데 전교조에 비판적인 ○○일보를 보는 것은 용납이 안 된다는 것이었다. '분회장이 뭐 대단한 자리라고 이런 것까지 구속받아야 하나' 하고 불쾌했지만 더 이상 개의치 않았다. 나는 지금도 그 신문을 애독하고 있다.

지난해에는 '○○법' 개정 반대 집회에서 조끼를 입고 노래를 불렀다. 그런데 노랫말이 욕으로 되어 있어 기분이 상했다. 남을 욕하면 먼저 내 입이 더러워지는데, 남을 욕하면서 무엇을 기대하는지…. 더구나 교단에 서는 사람들이 너무하는 것 아닌가 하는 생각이 들었다.

내가 아직도 전교조에 대해 가장 못마땅하게 생각하는 부분은 다른 사람들에 대한 막말이다. 지금은 많이 나아졌지만, 한때는 정말 자리를 박차고 나가고 싶을 정도로 막말을 해댔다. 그런 말을 듣고 난 뒤 학교에 돌아가 막말의 대상이 되었던 사람들을 보면 내 얼굴이 먼저 화끈거렸다.

아시아태평양경제협력체(APEC) 동영상 수업자료를 보고 나서는 전교조가 굉장히 부담스러웠다. 그래도 명색이 각 나라를 대표하는 사람들인데 저럴 수 있나 싶어 화를 내고 말았다. 물론 나 혼자

화낸다고 달라지리라는 기대는 안 했다.

학교에서 분회 활동을 하다 보면 여러 가지 난관에 봉착할 때가 있다. 특히 집행부에서 정치적 문제를 제기하면 십중팔구는 조합원 선생님들로부터 호응을 못 얻거나 역풍을 맞게 마련이었다. 이라크 파병 반대 서명 등이 그 좋은 예다. '교육에 신경 쓰기도 벅찬데…' '정치적 중립인데…' 하면서 못마땅해했다.

이러함에도 내가 전교조에 남아 있는 이유는 권위주의 시대, 참교육의 희망이 보이지 않던 시대에 온몸을 던져 이루어 낸 전교조야말로 사소한 지적이 있음에도 지켜나가야 한다고 보기 때문이다. 전교조가 없었다면 지금 학교가 누리고 있는 민주화 · 자율화가 이루어졌을까? (…)

이 선생님이 가장 괴로워하는 것은 무엇이었을까. 그것은 전교조의 언어폭력, 즉 막말과 욕지거리였다고 고백하고 있다. "내가 아직도 전교조에 대해 가장 못마땅하게 생각하는 부분은 다른 사람들에 대한 막말이다. …한때는 정말 자리를 박차고 나가고 싶을 정도로 막말을 해댔다. 그런 말을 듣고 난 뒤 학교에 돌아가 막말의 대상이 되었던 사람들을 보면 내 얼굴이 먼저 화끈거렸다." 지금 이런 선생님들이 많이 계신다고 생각한다. 일말의 희망을 걸어 보는 이유는 여기에 있다. 학생들은 선생님의 등을 보고 자란다는 어느 선배의 말이 귓전을 울린다.

🌀 전교조 스트레스 받아 떠납니다

지금 학교 현장에는 많은 사람들이 전교조로부터 스트레스를 받는다. 전교조 교사들은 학교장 때문에 스트레스를 받는다고 말한다. 그럴 수도 있을 것이다. 교장 중에는 문제가 있는 사람이 있을 수 있고 또 있는 것이 사실이다. 교사들이 특히 싫어하는 교장은 실력은 없으면서 지연과 학연이라는 인맥을 따라다니면서 큰소리치는 사람이다.

그런 교장이 없다고 말할 수는 없지만 어느 직장이건 그런 일은 다 있기 마련이다. 어느 조직이든 문제가 없는 조직은 없는데, 교직사회라고 해서 예외가 될 수는 없을 것이다. 그렇다고 해도 교장은 교장으로 대우해야 한다. 공직사회는 기강이 무너지면 모든 것이 끝장나는 것이고, 교사가 지켜야 할 최고의 덕목은 준법이기 때문이다.

어느 중견 교사의 말에 의하면 열심히 근무하는 교사도 스트레스를 받는다고 한다. 열심히 하지 않는 교사들이 뒤에서 수군수군하고 비웃기 때문이다. 말하자면 열심히 하는 교사 때문에 자기들이 교장의 눈치를 보게 된다는 것이다.

나의 학교장 재직 시의 경험 한 토막을 소개한다. 열심히 학생을 가르치는 선생님 한 분이 있었는데 4년 정기 전보로 새 학기에 다른 학교로 가게 되었다. 교장의 직권으로 전출을 유보하여 1년 더 근무할 수 있도록 조치를 했는데 그 교사가 교장실로 찾아와 다른 학교로 가게 해 달라고 간청을 하는 것이었다. 이유를 들어 보니 "이 학교에 1년 더 남아 근무하면 좋기는 한데 전교조 교사로부터 교장에게 아첨해서 유임했다는 소리를 듣게 됩니다" 하는 것이었다. 나는 그때 그 교사를 붙잡지 못하고 보내 주었다.

전교조 교사들은 매사를 안 하자는 것이고, 없애자는 것이다. 전교조가 나서서 학교 일을 편하게 해 주니까 비전교조 교사들도 이를 좋아한다. 학년 초 학교에서 실시하는 학교운영위원회 교원위원 선거를 보면 강경파 전교조 교사가 그 학교 전교조 조합원 숫자보다 더 많은 표를 얻어 교원위원이 되는 경우를 보게 되는데, 이것은 비노조교사들이 합세했기 때문이다. 전교조는 싫지만 전교조가 나서서 야단을 치니까 학교 생활이 편해서 좋다고 표를 몰아 주는 것이다.

학습지도도, 생활지도도, 급식지도도 '나 몰라라' 하는 것이고, 폐휴지가 철철 넘쳐나도 내 일이 아닌 것이다.

왜 나는 전교조를 떠나야만 했는가

다음은 어떤 전교조 소속 교사가 전교조를 떠나면서 남긴 글이다.

전교조와의 질긴 인연의 끈을 놓으며…

(전략) 전교조는 창립 이후 교육 발전에 많은 공헌을 한 것도 사실이다. 정부나 교육 관료들의 일방적 지시와 통제로부터 교육을 민주화시킨 측면이 많으며, 교총을 비롯한 수구세력을 견제하기도 하였고, 비교육적인 면에 대해 많은 문제 제기를 하여 잘못을 고친 면도 많다. 또한 참교육을 주장하여 교육의 본질이 무엇인가에 대해 고민하게 하기도 했다. 앞으로도 보충수업이나 승진제도 등 비상식적인 교육 관행을 변화시키는 역할이 필요하기도 하다. 그러나 전체적으로 보면 전교조가 교육에서 긍정적인 역할을 하는 시대는 이미 끝나고 있다.

내가 전교조를 탈퇴하고자 하는 이유는 전교조가 더 이상 교육의 대안세력이라는 믿음이 없기 때문이다. 전교조가 추구하는 가치가 이제 나와는 맞지 않기 때문이다. 1989년 전교조 창립 과정에서 과거의 잘못된 교육을 참교육으로 바꾸겠다는 전교조의 의지를 국민들이 지지했었다. 그러나 전교조는 2004년 현재 참교육과는 한참의 거리를 둔 채, 오직 과거의 이데올로기에 사로잡혀 정부의 각종 교육정책을 신자유주의라는 이름으로 반대함으로써 만이 자기 존재가치를 드러내고 있는 상황이다. 신자유주의에 대한 깊은 고민과 성찰도 없이 정부의 모든 정책을 신자유주의라고 하면서 반대만 하는 전교조에게는 희망이 없다.

전교조는 갈수록 교육 대안세력보다는 교사 이익단체로 그 성격을 분명히 해 가고 있다. 이는 전교조가 노동조합의 형식을 채택한 이후부터 예견되어 왔던 상황이다. 창립 초기에는 이러한 문제가 그리 많이 나타나진 않았다. 그러나 조직이 확대되고, 현재 합법화된 상황에서 이제 노동조합이라는 형식이 전교조의 내용까지 규정해 버리는 상황이다. 앞으로 교육개혁 과정에서 교육개혁 방향과 교사의 요구가 대립할 때 전교조는 노동조합이기에 오히려 반개혁의 입장에 서 있을 가능성이 높다.

전교조를 탈퇴하고자 하는 두 번째 이유는 전교조의 조직 운영 방식이나 투쟁 방식이 희망 있는 조직으로서의 모습이 아니기 때문이다. 아래 단위에 내리먹이기식 실천만 요구하는 조직, 조직 내의 이견을 전혀 받아들일 의지도 없고 비난만 하는 조직, 극단적인 주장으로 대중을 선동하며 투쟁의 유연성을 상실한 조직 등 민주적이지 못한 요소가 산적한 조직이고 일부 비도덕적인 측면이 있기도 한 조직이다.

어떤 사람들은 나에게 묻는다. "그러면 전교조를 변화시키기 위한 노력을 해야지, 탈퇴를 하면 되느냐"고. 그러나 나는 한마디로 전교조를 바꾸기 위한 노력이 부질없다고 판단한다. 전교조 개혁을 위한 노력이 일정 정도의 변화를 가져올지는 모르지만 현재 전교조가 추구하는 가치나 조직의 형식으로 볼 때 본질적인 변화로 이끄는 것은 불가능하다고 생각한다.

그리고 "전교조의 문제는 현 지도부를 합리적 지도부로 바꾸면 된다"고 말하는 사람들도 있다. 그러나 현 전교조에 대해 비판적이고 전교조를 합리적으로 변화시키고자 하는 세력들이 추구하는 가치 등에 대해서도 대단히 회의적이다. 약간의 유연성과 대중적 지향을 가졌기에 전교조의 생명을 연장시킬 수는 있을 것이나, 시대 변화를 읽으면서 21세기에 맞는 교육 조직으로 전교조를 변화시킬 만한 능력과 시대정신을 갖추고 있지는 못하다. (중략)

전교조가 합리적 교육 대안세력이 되리라는 희망이 거의 희박하다고 판단되는 조건에서 전교조의 변화를 위한 노력은 삶의 낭비이고 시간 낭비일 뿐이다. 오히려 다른 방향에 정력과 미래를 투자하는 것이 교육의 발전에도, 나의 발전에도 도움이 될 것이다.

제9장
학부모가 교육감을 걱정하는 세상

🔹 전교조 점령으로 학교가 아수라장 된다

좌파 정권 시절 교육감과 교원노조 간에 체결된 단체협약이 우여곡절 끝에 경기도를 제외하고는 전국적으로 해제된 상황인데, 좌파 교육감들은 종전의 단체협약을 되살리려 할 것이다. 그렇게 되면 학교는 다시 전교조의 손으로 들어가 학교 운영이 파행을 맞게 될 것이다. 종전의 단체협약은 전교조에 바치는 일종의 항복 문서라 할 수 있고, 학교 점령을 확인해 주는 인증서라고 할 수 있다.

교원노조법은 단체협의 범위를 임금, 근로조건, 후생복지 등 노동자의 경제적·사회적 지위 향상을 위한 것으로 한정하고 있는데, 이 범위를 넘어 교육정책, 인사문제, 행정업무까지 확대하였다. 학교에 인사위원회를 두어 학급 담임 배정, 보직 교사 임명, 교무 분장, 연수, 표창, 학교 전입 전보도 학교장이 마음대로 할 수 없도록 하였다. 일숙직 폐지, 주번교사 및 당번교사제도 폐지, 휴업일 근무교사 미배치, 근무상황카드 및 출근부를 없애 교사들이 편하게 근무할 수 있는 여건을 조성하였다.

비록 교육적인 활동일지라도 귀찮은 일은 모두 없애 버렸다. 소년신문의 학습자료 활용 금지, 폐품 수합 금지, 청소년단체 활동 업무는 교사가 자율로 선택하도록 하여 교사가 싫다고 하면 할 수 없도록 하였다.

더 나아가 교사는 학습지도안을 쓰지 않도록 하였고, 국가가 실시하는 학력평가 실시도 금하고 장학지도도 사실상 거부하였다. 사학에 대해서는 교육감이 단체협의를 할 수 없음에도 불구하고 이를 불법 강행하였다. 이렇게 되면 학교장은 명목상 교장일 뿐 식물 교장이나 다름없게 된다.

이제 좌파 교육감은 전교조로부터 간신히 되찾아 온 학교 운영을 다시 전교조의 수중으로 되돌려 주려 할 것이다. 교장 공모제를 학교 내에서 하는 교장선출보직제를 서두르게 될 수도 있다.

좌파 경기도 교육감은 전교조 교사에 대한 징계를 미루고 또 징계 수위를 대폭 경감시키는 등 전교조 교사에 대해 별을 달아 주는 역할을 하고 있다. 교과부장관의 직무명령을 어기면서까지 위법한 전교조 간부에 대한 징계를 하지 않고 있을 뿐만 아니라 전임

교육감이 해제한 전교조와의 단체협약을 그대로 준수하고 있다. 이와 같은 좌파 교육감의 전교조 교사 감싸기를 감시해야 한다.

🦋 아이들에게 세상을 부정적으로 보게 한다

어린 시절 학교에서 배워 각인된 인생관은 바꾸기 쉽지 않다. 학교는 자라나는 세대에게 사회와 국가에 대한 긍정적 사고를 가르쳐 주는 곳이어야 한다. 그렇지 않으면 내일 나라를 이끌고 갈 오늘의 청소년들이 세상만사를 부정적으로 보고 행동하게 마련이다. 참여하면서 건전한 비판을 하는 것은 매우 바람직한 자세라 할 수 있으나, 참여하지 않고 비판만 하는 것은 보통 문제가 아니다. 개인의 부정적 사고가 확산되어 터무니없는 저항운동으로 이어지는 것은 개인의 불행이자 국가적 재앙이다.

좌파가 즐겨 쓰는 안경은 긍정적 안경이 아니라 부정적 안경이다. 이 안경을 쓰고 보면 세상만사가 문제투성이고 개혁 대상이다. 전교조 안경을 쓰고 보면 애국조회는 식민지 문화의 잔재이고, 충효교육은 정권 유지 교육이며, 안보교육은 반통일교육이고, 국·검인정 교과서는 기득권 세력의 체제 유지 수단이 된다. 이런 바탕 위에서 전개되는 학교 교육은 희망이 없는 어두운 교육이다.

좌파 교육을 받은 청소년들이 바라보는 우리 사회는 어두운 사회다. 그래서 대한민국의 정통성을 부정하거나 의심하게 되며 자기실현을 위한 현실적인 노력을 포기하고 사회에 대한 증오심을 키우게 된다. 그간 일부 전교조 교사들은 어린 학생들을 상대로 국가의 정체성을 짓밟고, 나라의 역사를 거짓으로 가르치고, 우방 국가들을 모욕하고, 대한민국의 진로를 거꾸로 돌려놓기 위해 세뇌교육에 열을 올려 왔다. 좌파 교육감들이 이들을 어떻게 처리하는지 감시해야 한다.

좌파의 시각에서 보면 한 개인의 불우한 삶의 원인은 그 자신의 무능이나 실수에서 비롯되기보다는 사회구조의 모순에서 비롯된 것이 된다. 학생들의 자살은 과도한 입시 위주 교육이 원인이기 때문에 제도적 타살이며, 학생들의 비행이나 성적 부진도 제도 탓이요 사회의 잘못이다. 잘못된 것은 모두 남의 탓이다.

이런 교육을 받고 자라는 아이들은 스스로 노력해서 문제를 해결하려는 의지보다는 사회에 대한 증오심과 반항심을 갖게 되기 마련이다. 이는 우리 아이들의 미래를 위해 불행한 일이고 국가적 불행이 아닐 수 없다. 우리 아이들을 지키기 위해 맑고 밝은 환한 웃음의 교육이 되도록 학부모가 나서서 감시해야 한다.

■ 건전한 국가관 형성을 방해한다

교실에서 공공연히 국기에 대한 경례를 안 시키고 민중의례를 하며 군대에 가지 않도록 지도하고, 빨치산 추모 전야제에 학생을 참여시키고, 광우병 촛불시위에 갔다 온 학생에게 가산점수를 준다. 대한민국을 태어나서는 안 될 나라로 교육하는 사례도 있다. 이런 분위기 아래서는 학생들의 건전한 국가관 형성이 어렵다. 대한민국의 이념은 헌법에 규정된 자유민주주의다. 이 땅의 어느 누구도, 심지어는 대통령도 이 이념에서 자유로울 수 없는데, 좌파 교육감이 교사들의 이러한 행태를 못 본 체할 가능성이 매우 높다.

좌파는 안보교육은 통일에 장애 요인이 된다고 가르친다. 현 한국 사회구조의 모순은 분단에 있으므로 분단 극복을 위한 통일은 우리가 지향해야 할 최대의 민족적 과제라고 하면서, 분단의 극복은 민중이 주체가 되어야 하며 통일을 위해서는 민족이 자유민주주의보다 우위에 있어야 한다고 주장한다.

그러나 우리를 먹여 살리는 것은 국가이지 민족이 아니며, 일제강점기에 우리가 핍박을 받은 것은 민족이 없어서가 아니라 국가가 존재하지 않기 때문이다. 오늘 세계를 제패하고 있는 미국의 힘은 민족이 아니라 국가로부터 나오는 것이다. 지금 남북이 같은 민족이면서 오늘처럼 현격한 경제 격차를 벌여 놓은 것 또한 국가

의 힘이다. 국력 신장만이 우리가 살 길이라는 것을 가르쳐야 한
다. 건전한 국가관 확립에 지장을 주는 감상적 민족주의와 환상적
통일지상주의는 청산되어야 한다.

우리나라는 무역으로 먹고 사는 나라다. 국제화 없이는 살아남을
수 없다. 그런 나라에서 국민 2세를 길러 내는 책임을 맡고 있는 교
사가 학생들에게 핵심 우방에 대한 증오심을 심어 주고, 북한처럼
고립되어 굶어 죽고 인권이 유린되어도 자주화만이 대한민국의 살
길이라고 가르치면 우리 스스로 국제적 고립을 자초하는 결과를
낳고 말 것이다.

세계가 대한민국을 제2차 세계대전 후 가장 성공한 나라로 인
정하고 있다. 제2차 세계대전 후 남의 도움을 받는 나라에서 남을
도와주는 유일무이한 나라가 되었다. 이는 한반도 유일의 합법국
가라는 대한민국의 역사적 정통성과 자유민주주의와 시장경제라
는 이념적 정체성과 우월성을 확인시켜 주는 것이다.

학교가 좌파 이념의 교육장이 되고 있다

전교조 교육감이 탄생하면 학교는 친북 · 반미의 좌파 이념을
주입하는 교육장이 되고 혁명의 전초기지가 되지 않겠는가 걱정

하는 사람들이 많다. 좌파에게 있어서 학교는 장래의 유권자를 의식화 교육을 통해 전사로 키울 수 있는 장소가 된다. 박정희 경제개발은 군사독재 연장 수단이고, 김일성 정적 숙청은 사회주의 건설을 위한 것이며, 새마을운동은 유신체제 정당화 수단이고, 천리마운동은 경제건설로 가르치지 않겠는가. 좌파 성향의 역사관을 가진 사람들이 만든 교과서는 대한민국 정부 수립을 단독정부에 찬성하는 친일세력에 의해 이루어진 사건 정도로 취급한다.

민중교육에서 교사의 역할은 기층 민중인 피교육자로 하여금 자신이 정치적으로 억압받고, 경제적으로 착취당하며, 사회적으로 소외당하고 있음을 깨닫도록 해 주는 것이다. 교육의 핵심은 민중들에게 자신을 억압하고 있는 사회체제를 인식시키고 행동하도록 하는 의식화 교육이다. 좌파가 생각하는 교육의 종국적 목적은 사회변혁이다. 결국 학교는 혁명진지가 되어야 한다.

좌파는 대한민국은 사대 매국으로, 김정일 수령 독재는 민족 자주로, 대한민국의 역사를 배신과 반역의 역사로, 따라서 대한민국을 태어나지 말았어야 할 나라로 몰아간다. 좌파는 해방 후 우리 역사를 '정의가 패배한 역사'로 본다. 미국의 군작전통제권 행사를 주권 침해로 보고, 주한미군 철수와 한미연합사 해체 그리고 국가보안법 폐지를 주장한다. 그러나 분명한 것은 대한민국은 성공의 역사이고 북한은 실패의 역사라는 사실이다.

한미동맹과 한미연합사는 한반도에서 전쟁 억지와 평화를 유지

하는 수단으로서 한국의 안전을 보장하고 경제발전을 이룩하는 가장 효율적인 역할을 수행해 왔다. 우리가 그간 세계가 부러워하는 경제성장을 이룩한 것도 한미동맹으로 주한미군이 한반도를 지켜 주었기 때문이다.

한미동맹의 축은 한미연합사와 전시작전통제권이다. 만일 이 축이 없어지면 한미동맹의 약화와 한미 합동 군사작전 전력에 결정적인 비효율이 초래되고, 결과적으로 정치 및 경제에 막대한 지장을 가져올 것이다. 대한민국은 제2차 세계대전 이후 발전한 나라 중 가장 모범적인 국가이며, 이제 산업화 단계를 거쳐 민주화 기반이 굳건히 잡혀 가고 있는 나라인데 비해, 북한은 세계 최빈국이면서 인권 불량국가로 알려져 있다는 사실을 좌파 교육감이 가르치도록 해야 한다.

▩ 대중인기 영합 생활태도를 배우게 된다

좌파 교육감이 약속했다. 두발·복장 자유, 긴 머리에 염색도 자유, 보충수업과 야간자율학습도 자유, 체벌금지, 휴대전화 소지 허용, 학교 운영 참여, 서약서·반성문 작성 금지, 사상의 자유, 집회 결사의 자유 허용, 동성연애 자유, 교사로부터 인권침해를 당했다고 구제신청을 해 오면 학생인권옹호관이 교사에 대한 징계를 요청하게 하겠다고 한다.

학생인권조례로 학생지도를 할 수 없다고 하니까 이제 교권조례안을 만들겠다고 한다. 학생인권조례의 가해자는 스승이고 교권조례의 가해자는 제자다. 사제 간의 문제를 재판으로 해결하겠다는 식이다. 학교는 교육하는 곳이지 재판하는 곳이 아니다. 부모 자식 간이나 사제 간에 자유와 평등 그리고 인권의 논리를 끌어들이면 교육이 설 자리가 없어진다. 교사와 학생은 사람과 사람으로서 평등한 것이지 교육자와 피교육자로서 평등한 것이 아니다. 규제와 억압, 참고 견디게 하는 것도 교육이다. 독자적으로 법적 행위를 할 수 없는 미성년자인 학생에게 사상의 자유, 집회 결사의 자유를 주겠다는 인기 전술이 우리 아이들을 망친다.

초 · 중학교 공짜 강제급식에 연간 예산이 2조 원이 든다고 한다. 고스란히 국민들의 추가 세금 부담이니 무상급식은 결국엔 유상급식인 셈이다. 결식아동을 제외하고는 국가가 서민의 세금으로 부유층 자녀까지 무상급식을 해야 할 이유가 없다. 국민 세 부담이 어려워 나라 빚이 수백 조가 되는데, 학교에서 먹은 공짜 점심값을 후일 사회에 나가 이자 붙여 내야 할지도 모른다. 전교생을 대상으로 공짜로 밥을 먹이겠다고 표를 구걸하는 선심정책이야말로 포퓰리즘의 대표적 사례다.

직영급식을 하게 되면 학교에 영양사, 조리종사원, 잡역부 등으

로 전국적인 비정규직 노조를 결성할 수 있다. 전교조나 공무원노
조는 단체행동권이 없지만 학교급식노조는 단체행동권까지 행사
할 수 있다. 파업으로 학교행정을 마비시킬 수도 있다. 이들이 민
노총, 민노당에 가입하게 되면 학교가 송두리째 흔들릴 수도 있
다. 좌파들이 노리는 것이 바로 이런 것이 아니겠는가. 급식은 학
교 자율에 맡겨야 한다. 직영, 위탁, 도시락 등 학교가 정할 일이지
정치권이 강제로 먹게 할 일이 아니다.

▓ 탈법, 편법, 변칙을 배우게 된다

좌파는 고속도로 갓길 운행을 좋아한다. 법이 있고 직무 규정이
있지만 이런 것쯤은 간단히 무시하고 갓길로 나온다. 목적 달성을
위해서 거추장스러운 법과 제도는 밟고 지나간다. 그간 전교조는
교육기본법, 초ㆍ중등교육법, 교원노조법, 국가공무원법, 통일교육
지원법, 국가보안법, 공직선거법을 위배하였다. 편법과 변칙은 불
가피한 것으로 위법, 탈법을 일상화한다. 교사는 아이들의 거울이
다. 아이들은 어른의 등을 보고 자란다. 인생을 사는데 필요한 원칙
과 도리를 배워야 하는데 교사로부터 탈법, 편법, 변칙을 배운다.
좌파는 법보다는 조직 그 자체를 중시하고 투쟁에 지대한 가치

를 부여한다. "조직과 투쟁은 분리되는 것이 아니라 한 과정의 다른 부분"이라면서 "투쟁 없는 조직은 실천 없는 집합에 불과하다"고 못박는다. "문제를 해결하는 것만이 목적이어서는 올바른 투쟁일 수 없고 타협은 전술적인 것이지 원칙적인 것이 아니다" 하면서 "합법성을 부인하는 체제에 대한 투쟁은 필연적인 것이고 정당한 것이다"라고 억지를 쓴다.

대법원은 "북한은 평화적 통일을 위한 대화와 협력의 동반자임과 동시에 적화통일노선을 고수하면서 우리 체제를 전복하고자 획책하는 반국가단체"라고 지적하고, "교류와 협력이 이뤄지고 있다고 해서 북한의 반국가단체성이 소멸했다고 볼 수는 없다"고 했다. 또 국가보안법이 표현과 사상의 자유를 막고 있다는 주장에 대해서는 "자유민주주의 체제를 전복시키려는 자유까지 허용함으로써 스스로를 붕괴시켜 자유와 인권을 잃어버리는 어리석음을 범해서는 안 된다"라고 못박았다.

헌법재판소 역시 그간 국가보안법 논란의 핵심 사안이던 "찬양 고무죄는 죄형법정주의에 위배되지 않으며, 양심 사상의 자유의 본질적 내용을 침해하지 않는다"라고 밝히고, "국가보안법 폐지는 스스로 일방적인 무장해제를 가져오는 조치"라고 경고했다. 그러나 좌파는 이런 것을 무시하기 일쑤다.

좌파들은 툭하면 '진리와 양심'을 들먹인다. 한때 '양심선언'이 유행처럼 번졌다. 이들이 말하는 진리와 양심은 법 위에 존재한다. 민주교사라고 하면 마땅히 학생으로 하여금 우선 법을 준수하도록 가르쳐야 한다. 법이 문제가 있다 해서 짓밟아 버리면 그것은 민주시민이라고 할 수 없다.

❋ 사교육비로 학부모 허리 휜다

좌파는 현실을 직시하지 않고 학부모의 관심사를 애써 외면한다. 학교를 부자 동네 학교와 가난한 동네 학교로 나누어 문제에 접근한다. 중간 동네 학교는 관심 없다. 정치적 접근방식이다. 학생의 학력에 대해 관심을 두지 않는다. 생활지도가 없고 자유방임이다. 학교는 입시 위주 교육을 하는 곳이 아니라 하고, 학생은 규제 없이 내버려 두어야 자율성이 길러진다고 생각한다. 이러한 착각 속에서 교실 붕괴에 이어 교무실마저 붕괴되기 시작했다.

교실 붕괴의 주범은 평준화 정책인데, 좌파는 이를 신주단지처럼 생각한다. 평준화 정책이 교사들을 나태와 무책임, 무사안일에 빠지게 했는데 그 그늘 속에서 안일을 추구하고 있다. 이슬비에 옷 젖듯이 교실 붕괴의 뿌리는 평준화에 있다. 아이들을 무한경쟁으로 내몰면서 교사들은 무경쟁으로 소일하였다. 공교육에 실망한 학부모들은 학교 밖 학원을 찾을 수밖에 없게 되었다. 이래서 우리나라는 세계 제일의 사교육 왕국이 되었다.

좌파는 평준화 정책을 고수하는 데 목숨을 건다. 평준화 아래서 교사는 노력하지 않고 놀 수 있어 좋다. 특목고, 자율형 사립고 등 이를 보완하자는 것에 대해서도 반대 입장이다. 경쟁의 요소가 있는 것은 모두 반대한다. 전 세계가 경쟁만이 살 길이라면서 교육 전쟁을 벌이고 있는 것과는 정반대의 길로 가려고 한다. 여기 교사들의 집단이기주의와 편의주의가 도사리고 있다.

저소득층 자녀들은 평준화 정책 최대 피해자다. 부유층 자녀들이야 공교육이 붕괴되어도 좋은 학원이나 비싼 과외를 받을 수 있고, 그것도 시원찮으면 조기 유학에 오른다지만, 가난한 서민들은 그럴 능력이 없다. 좌파들은 학교에서 전국적인 규모의 국가 수준의 학력평가를 극구 반대한다. 시험성적에 의한 줄서기는 안 된다는 것이다. 학교에서 지식교육은 안 된다고 하면서 경쟁해서는 교육이 망한다고 야단이다. 학생들의 학력에 대해 관심이 없다.

사교육을 학교 안으로 끌어들인다는 방과 후 학교나 수준별 수업도 반대다. 좌파가 교육감이 되면 수준별 수업, 특목고, 자립형 사립고, 자율형 사립고 모두가 발목 잡힌다. 좌파들은 대학도 평준화해야 한다고 주장한다. 지금 프랑스는 평준화 정책 수술에 들어갔고, 일본은 교육평등주의를 버리고 경쟁을 중시하는 쪽으로 방향을 전환하였다.

사학의 자율성 보장이 어렵게 된다

사학법은 교육논리가 아닌 정치논리에서 탄생했고 개정되었다. 사학의 육성과 교육의 경쟁력 제고보다는 정치적 목적을 달성하기 위한 시도였다. 사학분규는 대부분 기획 분규다. 사전에 계획을 세워 시기와 대상과 투쟁방식을 의도적으로 유도하면서 돌아간다.

사학법은 신문법, 과거사법, 국가보안법과 함께 당시 여당이 사활을 걸고 추진해 온 4대 개혁입법 중의 하나다. 위기에 처한 한국 교육을 건지기 위한 결단이라면 그 많은 교육 관련법 중에 왜 하필 사학법인가. 사학법 때문에 우리나라 교육의 경쟁력이 떨어지고, 아이들이 학교를 외면하고 학원으로 몰려가며, 교육이민을 가고 학교 붕괴가 일어나는 것은 아니다. 학부모들은 대부분 공립학교보다 사립학교에 배정받기를 원한다.

사학 운영의 투명성은 확보되어야 하고 비리는 척결되어야 한다. 이는 현행법으로도 얼마든지 가능한 일이다. 설혹 미흡하다고 하면 이를 가중 처벌하는 규정을 두면 된다. 사학 비리 예방 차원에서 모든 사학에 개방이사제를 도입해야 한다는 것은 청소년 범죄 예방을 위해 모든 청소년에게 전자 팔찌를 채우게 하자는 논리나 다름없다. 기업의 개방이사제는 기업이 원해서 두는 것이지만 사학의 개방이사제는 사학이 원하지 않아도 두겠다는 것이다.

한국 교육의 역사는 사학의 역사라 할 수 있다. 우리나라는 다른 나라에 비해 사학의 비중이 높은 편이다. 사학은 일제강점기 그리고 광복과 6·25동란을 거치면서 우리 민족의 얼을 지키고 국가의 역량을 길러왔다. 국가가 어려울 때 국가가 해야 할 일을 사학이 대신 맡아 인재를 양성하고 국력을 키워 오늘의 대한민국을 있게 한 것이다.

미국, 일본, 유럽, 대만 등 어디에도 우리나라와 같이 사학을 옥죄는 법은 없다. 사학법 때문에 우리 사회는 분열과 갈등 그리고 극도의 혼란에 빠져 있다. 이를 치유하지 않고 교육의 정상화는 물론 경제 회복도 사회적 안정도 기대할 수 없다. 그래서 사학법을 사학진흥법으로 대체해야 한다. 좌파 교육감이 나오면 사학을 장악하여 사학 운영의 주도권을 잡으려 할 것이고, 그러기 위해 기획 분규가 연중행사가 될 가능성이 높다.

전교조의 반국가적 계기교육을 방치할 수 없다

좌파는 학생들에게 가르칠 교육과정 결정권을 국가가 독점해서는 안 되고 교육 전문가인 교사가 가져야 한다고 주장한다. 자본주의의 지배논리 관철은 교육과정 결정과 교과서 제작을 국가가 독점하기 때문에 가능하다고 보기 때문이다. 현행 국·검인정 교과서 제도를 폐지하고 교사가 교육과정을 결정하며 교과서도 자유롭게 발행해야 한다는 것이다. 교과서 자유발행제도가 관철되면 학생에 대한 의식화를 위한 계기교육 자료가 범람할 것이다.

그간 전교조는 수시로 공동수업이라는 이름의 계기교육 자료를 만들어 냈고 이를 통해 의식화 교육을 진행해 왔다. 노동절, APEC 자료, FTA 자료, 이라크 파병, 효순·미선 촛불시위, 빨치산 추모제, 6·15 공동수업, 통일체험학습, 국가보안법 등 무수한 편향된 자료를 만들어 냈다.

지금도 학교장의 승인 절차를 무시하기 일쑤인데 좌파 교육감이 등장했으니 순풍에 돛 단 듯 마음놓고 의식화 교육자료를 만들어 활용할 것이 분명하다.

우리나라 학교에서의 계기교육은 본래의 참뜻에서 벗어나 편향된 이념과 가치관을 주입하는 수단으로 활용되어 왔다. 정치, 경제, 사회, 문화, 외교, 안보, 통상, 국방, 통일 등 분야를 막론하고, 심지어는 국가의 기본 정체성과 이념, 가치관에 관련된 문제까지 적법한 절차를 거치지 않고 자의적으로 실시해 왔다. 교사의 재량과 교원의 직위를 남용한 이러한 무분별한 행위에 대해서 학교장은 물론 감독기관마저도 제대로 지도 감독을 하지 못했다.

정규 교과과정에서 다루지 못하는 주요 현안에 관한 시의적절한 계기교육은 바람직하며 반드시 필요하다. 그러나 대한민국 헌법에 규정된 자유민주주의 이념의 테두리 안에서 실시되어야 한다. 교사는 국가와 사회가 허락하지 않는 이념교육을 할 자유도 권리도 없다.

전교조의 소위 공동수업이라는 명목의 계기수업은 판단력이 미숙한 미성년에 대한 정신적 폭력행위이며 공교육의 기본 목적에 정면으로 배치되는 것이다. 올바른 계기교육을 국가가 엄격히 관리·통제하여야 한다. 자라나는 세대가 지적으로 올바르게 성장하고 균형 잡힌 시각과 바른 판단력을 형성하도록 도와주어야 한다.

교원평가, 학교 정보 공개가 안 된다

좌파는 교원평가, 학교 정보공개 모두를 반대한다. 경쟁 요소가 있는 교육제도에 대해서는 무조건 거부 반응이다. 그들도 교단에 설 때는 경쟁을 통해 들어왔고 이 세상 모두 경쟁 아닌 것이 없다는 사실을 잘 알고 있다. 치열한 국제경쟁 사회에서 우리가 살아남는 길은 경쟁에서 이기는 길밖에 없다는 사실 또한 명백함에도 불구하고 이를 애써 외면하려 든다.

좌파는 교원평가를 하게 되면 교사는 교육이 아닌 인기와 이벤트, 점수관리에 집중하게 된다고 말한다. 또 획일적 교육이 극심

해지고 교사의 학생 생활지도는 파국을 맞게 되며, 학생들에게 사람을 점수·등급으로 보는 인간관을 조장한다고 말한다. 이는 학부모와 학생을 모욕하는 이야기다. 실제 획일적 의식화 교육에 열중하고 있는 사람이 전교조 교사들이고 아이들을 자유방임의 무질서 상태로 내몰고 있는 사람이 좌파 전교조 교사들이다.

공교육과 교사의 부실을 해소하지 않으면 국제사회에서 살아남지 못한다는 엄연한 사실을 인정한다면 교원평가로 공교육 부실의 핵심인 교사들을 심판해야 하고, 이를 통해 공교육을 살리고 사교육을 공교육으로 흡수해야 한다.

교원평가는 교사의 전문성 신장뿐만 아니라 자질을 평가하는 것이어야 하며, 평가결과가 우수 교사를 격려하고 승진이나 상여금 등 인센티브를 주고, 자질이 부족한 교사에 대해서는 일차로 재기의 기회를 주되 종국적으로는 교육 실적에 따른 책임을 물어 교직에서 축출하는 장치도 마련해야 한다.

교육정보공시제도는 수요자인 학부모와 학생으로 하여금 학교교육에 관한 정보를 정확히 알게 한다는 취지다. 미국, 일본, 프랑스 등 세계 각국은 글로벌 무한경쟁시대에 걸맞는 인재 양성을 목표로 자국의 교육 경쟁력을 높이기 위한 전략의 하나로 학교와 관련된 정보공개를 추진하고 있다.

학업성취도 평가 결과, 학교 폭력 현황, 졸업생 진로 현황 등 학부모들의 주요 관심사가 공개 대상이다. 전교조 좌파 교육감은 학생을 경쟁으로 고통받게 하고 사생활 보호라는 이유로 학생들의 학력 공개를 피할 것이 분명하다. 특히 요즘 논란이 되고 있는 전교조 등 교직단체 가입 명단 공개에 대해 이를 막으려 할 것이다. 정보공개제도를 유명무실하게 운영할 공산이 높다.

제10장
전교조 정책의 문제점

전교조는 지난 30년간 정치권을 이용하여 세를 확장해 왔다. 정치권도 전교조를 이용하여 좌파 세력 확장에 힘을 기울여 왔다. 좌파 진영은 전교조를 정치적 동반자로 삼아 정권 창출에 이용했고, 우파 진영은 뜨거운 감자로 인식하여 눈치 보기 바빴다. 그 틈바구니에서 전교조는 합법화되면서 권력화 · 이념화 · 폭력화의 길을 걸어갔다. 일반적으로 국민들은 전교조가 합법단체가 되었기 때문에 그들의 행동도 합법일 것이라고 생각한다.

그러나 분명한 것은 전교조가 불법을 일삼아 왔다는 사실이다. 역대 전교조 위원장 중에 성한 사람이 몇 사람 안 된다. 여러 사람이 전과자가 되어 학교로 돌아가지 못했다. 교육 발전은 물론 조합원의 권익 신장에도 기여하지 못하는 이러한 작태는 공교육 불신만 초래할 뿐 전교조 자신에게도 불행한 일이다.

■ 전교조에 바치는 교육감의 항복 문서

전교조는 자신의 세력 확보를 위해 학교를 장악하고 학교장을 무력화시키는 작업에 착수했고, 그것이 바로 교육부 장관과 교육감을 상대호 한 입지 확보라 할 수 있다. 오늘날 교원노조와 교육감 간 단체협약을 보면 지나가는 소가 웃을 노릇이다.

갑은 교육감, 을은 교원노조로 되어 있지만 모든 규정이 을의 의견이 여과없이 그대로 반영되었다. 세상에는 '갑질' 논란이 뜨겁지만 여기서는 '을질'이라는 새로운 개념이 등장한다. 을이 '일어서' 하면 갑은 일어서고, '앉아' 하면 앉고, '앞으로 가' 하면 가는 단체협약이다. 그것도 조합원의 임금, 근무조건, 후생복지와는 전혀 관계 없는, 다시 말하자면 법이 허용하는 범위를 일탈하여 협약체결을 했다. 이는 교장의 권한을 침해하고 교육 수요자인 학부모와 학생의 학습권을 침해하는 것이라 할 것이다.

2004년 5월 25일에 체결된 서울시 교육청과 교원노조 간의 단체협약은 한마디로 말해서 유인종 서울시 교육감의 '항복 선언' 그 자체였다. 그 결과는 고스란히 학교 현장에 투영되어 그간의 교실 붕괴에 이어 교무실 붕괴까지 가속화되었다. 단체협약은 위법이고 위헌적 요소까지 내포하고 있을 뿐 아니라, 학교는 단체협약에 의해 사실상 전교조 수중에 들어갔다고 해도 지나친 말이 아닐 것이다.

교원노조법 제6조 제1항은 "노동조합의 대표자는 그 노동조합 또는 조합원의 임금, 근무조건, 후생복지 등 경제적·사회적 지위 향상에 관한 사항에 대하여 교육부장관, 시·도 교육감 또는 사립학교를 설립·경영하는 자와 교섭하고 단체협약을 체결할 권리를 가진다"라고 규정하고 있다.

그러나 서울시 교육청과 교원노조는 교원노조법에 명시된 단체교섭의 대상과 범위를 넘어 단체협약을 체결함으로써 학교장의 자율적 학교 경영권을 무력화시켰다. 서울시 교육청은 임금, 근무조건, 후생복지와는 거리가 먼 제반 교육정책과 인사문제, 행정업무까지 포함해 협약을 체결하였는데, 그것은 분명한 월권이며 위법이다.

또 사립학교의 경우 교원노조는 사립학교를 설립·경영하는 자와 교섭하고 단체협약을 체결해야 하나, 교섭 권한이 없는 서울시 교육감이 사립학교 교원 임용(제19조), 사립학교 교원의 신분보장(제20조), 사립학교 정관 및 예결산 공개(제32조), 사립학교의 재단 내 전보인사 시 본인 동의를 필요조건(제11조 제9항)으로 합의해 주는 월권을 자행했다. 권한이 없는 자와 합의한 사항은 당연 무효일 수밖에 없다.

그리고 2004년 5월 25일 체결된 단체협약의 유효 기간은 1년이므로 2005년 5월에 다시 단체교섭을 하여 단체협약을 체결해야 함에도 3년이 지난 2007년까지도 재협약을 하지 않음으로써 위법에 위법을 더하고 있다. 이는 분명 서울시 교육청의 직무유기에 해당된다. 이와 같은 행태는 다른 시·도 교육청의 경우도 매일반이다.

특히 단위학교 차원에서 교육과정 운영상 결정되어야 할 내용까지도 시교육청이 교원노조와 단체협약을 체결함으로써 학교장의 학교 경영 자주성은 찾아볼 수 없게 되었다. 비록 단체협약 자체가 월권행위라 할지라도 일단 노사 간에 체결된 것이라면 효력을 인정해야 한다는 견해가 있으나 이에 동의하기 어렵다. 문제는 협약 내용이 임금, 근무조건, 후생복지와 같은 경제적·사회적 지위 향상과 관련이 있느냐 여부로 판단해야 할 성질의 것으로 보아야 할 것이다.

■ 교장의 리더십, 설 자리 잃어

서울시 교육감과 교원노조 간에 체결한 단체협약을 보면 학급담임 배정, 보직교사 임명, 교무 분장, 연수, 상벌, 파견, 훈·포장, 전입 요청 및 전보 유예 기준 등을 협의하기 위해 각급 공립학교에 인사자문위원회를 구성한다(제8조)고 되어 있다. 이는 단체교섭 대상을 교원의 임금, 근무조건, 후생복지 등 경제적·사회적 지위 향상에 관한 사항에 한정한 법의 취지에 어긋난다. 교내 인사는 학교장의 고유 권한이다. 이런 문제를 서울시 교육감이 합의해 줄 수는 없다. 뿐만 아니라 국민 여론과 학부모의 의견을 수렴하여 단체교섭을 하도록 규정하고 있는 교원노조법 제6조 제1항에도 어긋난다.

한발 더 나아가 서울시 교육감은 교원인사관리원칙협의회를 두는데 합의했으며, 서울시 교육청은 '전보제도의 개선'이라는 미명하에 탈법적인 내용에 합의 도장을 찍었다(제11조). 자신의 권한을 스스로 포기해 버린 것이다. 만일 그런 내용이 인사상 필요하다면 스스로 결정할 일이지 노조와 협의해서 결정할 성질의 것은 아니다.

교육청은 해당 교원이 전보 관련 자료를 공개 요청할 경우 법령의 범위 내에서 열람할 수 있도록 했다. 초등학교의 특기 분야 전입 요청은 무용, 발명, 기악합주, 합창, 수영, 국악 분야와 그 외 반드시 필요하다고 인정되는 분야(정보화, 청소년 단체, 독서, 글짓기, 환경정리, 개별화 학습, 자료 제작, 과학작품 제작, 영어, 방송, 토론, 한문 등 제외)의 전문 자격 소지자 또는 지도 실적이 객관적으로 입증되는 자에 한하여 인사자문위원회의 협의를 거쳐 전입 요청을 하며, 교육청은 당해 연도 정기 전보 대상 교사의 신청을 받아 특기교사 풀을 구성하고, 그 교원들 중에서 해당 교육청의 전보 배정원칙에 의해 배정한다. 단, 전입 요청된 교사는 해당 학교 근무 중에는 그 분야의 업무를 담당하도록 한다고 했다.

학교장은 단위학교별 교내 인사자문위원회의 협의를 거쳐 전입 요청을 할 수 있으며, 전보 대상 교사의 20% 이내에서 전보를 유예할 수 있다.

인사권자인 교육청이 인사 대상자인 교원노조와 어떻게 이런 내용을 합의할 수 있는지 상식적으로 이해가 되지 않는다. 인사자 문위원회는 '공무원 근무 규정'(교육부 훈령)에 의해 둘 수도 있고 두지 않을 수도 있는데, 이 규정을 어겨 가면서까지 초법적으로 단체협약을 체결할 수는 없다. 단체협약 내용은 서울시 교육감이 교원노조의 집단이기주의와 편의주의에 백기를 든 것임을 단적으로 증명하고 있다.

위에 열거된 것들은 학교장 책임 하에 펼쳐야 할 교내 교육활동 업무로서 시교육청 차원에서 교원노조와 협상할 대상이 아니다. 설혹 협약 대상이라 할지라도 일·숙직 근무, 방학 중 근무는 교육공무원으로서 당연히 수행해야 할 의무이며, 출근부 등은 상식적으로 근무평가의 필수 장부라고 할 수 있다. 소년신문 활용 금지는 정치적인 이유가 깃든 것으로 보이며, 폐휴지 수합 등은 그 자체가 근검·절약정신을 배양하는 교육활동의 일환인데 다만 교사가 번거롭고 귀찮다는 이유로 금지 항목에 올랐다. 인성교육과 공동체정신 함양을 위해 권장되어야 할 청소년 단체활동을 위축시킨 합의는 그 자체가 불법이면서도 비교육적이라고 할 것이다.

교사의 일차적 임무는 학습지도다. 학습지도 준비에 열중해야 할 교사들로 하여금 학습지도안을 쓰지 않도록 교원노조와 합의해 준 나라는 세계에서 우리나라밖에 없을 것이다.

편파적 반미교육, 왜곡된 역사교육, 신기루 같은 통일교육의 길이 터졌고 하루 종일 앉아서 하는 수업을 해도 누구 하나 바로잡을 사람이 없는 학교 현장을 만들었다. 이제 학교장은 명목상 교장일 뿐 '식물 교장'이나 다름없게 된 것이다.

교구 및 교과서 선정은 교과협의회 추천 및 학교운영위원회 심의를 거치는 등 소정의 절차를 거쳐 투명하고 합리적으로 이루어지도록 지도한다고 합의했다. 또 학생의 인권 보장을 위해 교육청은 두발·복장 및 학생 용의 규정 제·개정시 학생회의 의견을 반영하도록 지도한다고 규정하고 있다. 이러한 사항은 당해 학교가 자율적으로 결정할 사항이지 시·도 차원에서 노조와 협의할 사항이 아니다. 이는 학생을 위하는 척하면서 학생을 해치는 악성 협약 중의 하나라고 할 수 있다. 학생의 의사를 존중하는 것은 당연한 일이지만 학생의 인기에 영합하는 것은 비교육적 처사라 하지 않을 수 없다. 학생 자치활동 지원 규정도 마찬가지로 협약사항이 아니다.

방과 후 교육활동에 대한 합의(제23조)는 또 어떠한가? 중학교의 방과 후 교육활동은 특기적성교육 활동 범위 내에서만 실시한다고 못박아 학생과 학부모가 원하는 보충수업을 하지 못하도록 제도화했다. 아이들이 부족한 교과 학습을 위해 학교를 떠나 학원으로 몰려갈 수밖에 없게 된 것이다. 또 교육청은 방과 후 교육 활동의

파행 운영을 방지하고 시정하기 위해 교원노조가 참여하는 협의체를 구성·운영한다고 하여 교육청이 교원노조의 감독을 받는 체제가 되고 말았다. 한마디로 방과 후 교육활동도 전교조의 동의 없이는 불가능하다는 이야기다.

서울시 교육감은 학력평가(학업성취도 평가)를 사실상 실시하지 않는 것으로 교원노조와 합의했다. 학업성취도 평가를 표집 학교에 대해서만 실시한다(제38조 제1항)고 했고, 교육청은 평가 결과의 비공개원칙을 준수하고 학교 간 비교 자료로 사용하지 않는다(제38조 제2항)라고 했기 때문이다. 이는 학력평가의 포기 선언이라고 할 수 있다. 학업성취도 평가는 전국의 초·중·고교가 다같이 참여하고 정보를 공개해서 상호 비교할 수 있을 때 의미가 있는 것이다. 그렇지 않다면 시행할 가치가 없다.

교육청이 실시하는 학교평가에도 제동을 걸어 교육청이 마음대로 하지 못하도록 했다. 즉 평가 영역을 축소해 현장 방문 평가 위주로 실시하되 별도의 보고서는 작성하지 않는(제39조) 것으로 했기 때문이다.

장학지도도 마찬가지다. 장학지도는 유용한 교수-학습 자료 제공 등 실질적인 도움을 주는 방향으로 전환하고, 형식적인 문서 확인과 요식행위를 없애며 평가나 감독기능을 줄인다(제40조)고 했다. 장학지도에 문제가 있다면 물론 시정해야 하지만 전교조의 입맛에 맞게 고쳐야 할 이유는 없다. 이는 장학지도 담당자가 장학지도 대상자와 장학지도 내용과 방법을 협의하여 장학지도를 해야 한다는 이야기가 되기 때문이다.

수업연구 발표도 사실상 폐지됐다. 초등학교의 학년 공개 행사와 초·중등학교의 수업연구 발표는 형식적인 행사는 지양하고 학교 실정에 맞게 다양한 자율장학방법으로 이루어지도록 하며, 학년 및 교과협의회를 거쳐 동료 교사의 수업 참관 등으로 대체할 수 있다(제42조)고 합의한 것이다. 이는 단체교섭 사항이 되지 않는다. 특히 교사로서 열정을 보이기보다 아무것도 하지 않고 편히 지내고자 하는 의도가 그대로 드러난다. 가르치는 데 열의 없는 교사들의 심정적 동조를 얻어 전교조가 관철한 것이다.

전교조는 이처럼 거의 완벽할 정도의 단체협약안을 만들어 서울시 교육감을 상대로 자신들의 뜻을 관철시켰으며, 다른 시·도 교육감도 이에 따르고 있다. 서울시 교육감이 충분한 검토 없이 도장을 찍은 것이 결국 교무실 붕괴를 불러왔고, 학교 현장을 교사들의 집단이기주의 경연장으로 만들고 말았다.

치밀한 전교조는 단체협약이 무효로 되거나 자신들에게 불리해질 수 있는 것을 예상해 미리 쐐기를 박아 놓았다. 서울시 교육감은 협약안에 "단체협약을 체결하면서 갱신할 때는 기존의 근로조건과 조합 활동 내용을 저하시킬 수 없다"는 규정을 명문화하는 데 동의했다. 불법으로 체결된 협약도 무효지만, 이 불법 협약을 지키기 위한 협약 또한 당연 무효라고 해야 할 것이다.

이렇게 전교조는 단체협약이라는 합법적 절차를 거쳐 학교를 점령했다. 이제 학교 운영의 책임자라고 하는 학교장이 자율적으로 결정할 수 있는 것은 거의 없다. 설혹 존재한다 해도 그것은 형식적이고 상징적인 것일 뿐이다. 서울시 교육감은 학교의 자율화와 다양화를 외치고 있지만 이런 단체협약이 존재하는 한 자율화와 다양화는 없다. 교실 붕괴에 이어 교무실 붕괴의 주범은 다름 아닌 교육감과 교원노조 간에 체결한 단체협약이다.

이러한 단체협약의 효력이 발휘되고 있는 상황에서 학교장의 리더십이라는 것이 무슨 의미가 있는가? 전교조는 단체협약을 체결함으로써 학교장을 무력화시키고 학교를 사실상 장악했다. 전교조가 가는 길은 결국 '안하자주의'와 '없애자주의'를 실현하는 것이다. 전교조는 단체협약이란 우산 속에서 편의주의와 집단이기주의를 만끽하고 있다.

■ 단협안 '독소조항' 부활

서울시 교육청은 2011년 7월 교원노조와 단체협약을 다시 체결했다. 2008년 단협 해지의 이유가 됐던 문제 조항이 대부분 되살아났다. 단협안에는 교육부가 단체교섭 안건으로 삼을 수 없다고 한 교육정책이나 인사에 관한 내용도 들어갔다. 이에 따라 곽노현 서울시 교육감이 전교조의 손을 들어줬다. '교사가 학습지도안을 자율적으로 작성하고 별도로 결재받지 않는다'(5조)는 내용이 포함됐다. 또 '근무 상황 카드나 출퇴근 시간 기록부를 폐지한다'(8조)는 내용도 들어갔다. 두 조항은 시교육청이 2008년 단협 해지 통보 시 정상적인 교육정책 집행을 가로막는 독소조항으로 제시한 내용의 일부다. A초등학교 교장은 "교사가 수업시간에 어떻게 가르치는지, 출퇴근 시간을 알 수 없어 교장의 학교운영자율권이 줄어든다"고 했다.

단협안에는 또 교원인사관리 원칙 수립을 위한 교육청협의회에 교원노조 위원을 30% 이내로 참여할 수 있게 한다(10조). 전보유예, 전입요청, 초빙교사제를 최소화한다(11조)는 조항도 있다. 곽노현 좌파 교육감은 자신이 지지했던 전교조 손을 들어준 것이지만, 이는 위법일 뿐만 아니라 다시 전교조에 항복 문서를 바친 것이다.

교과부는 올 초 시·도 교육청에 "교원의 근로조건과 관계없는 사항은 비교섭 대상"이라는 지침을 내렸다. 10조는 교과부가 학교 자율화 방안에 따라 초빙교사제를 확대하는 방향과 어긋나기도 한다. 곽 교육감이 추진하는 주요 정책들도 포함됐다. △ 방과후 교육활동은 교과 보충수업으로 변질되지 않게 한다(16조). △ 2012년부터 교무 행정 전담 인력을 학교별로 1인 이상 배치하고 교무 행정업무 인력팀을 운영한다(8조). △ 학교급식위원회에 교원노조 추천 교원이 포함되도록 한다(43조) 등이 그것이다. 곽 교육감은 취임 1주년 기자회견에서 교원 행정업무 경감 방향을 발표한 뒤 전교조 서울지부장은 "기자회견 내용은 동지들의 투쟁으로 일궈 낸 성과"라며 힘을 보탠 바 있다.

2008년 서울시의회는 서울시 교육감과 전교조 등 교원노조 법률을 위반하여 체결한 것으로 단체협약안이라는 결의안을 통과시키고 이에 따라 공정택 교육감은 해지통보를 하여 학교장의 권한을 회복하였다. 그 후 각 시·도 교육청이 단체협약안을 무효화시켰다.

그러나 2011년 곽노현 교육감의 등장으로 불법적인 독소조항이 부활하기 시작하더니 2014년 광주교육감과 전교조 간의 단체교섭안을 보면 가관이다. 우리가 뽑은 교육감이 이럴 수가 있느냐 싶다. 거의 대부분이 법을 위반한 내용이다.

단체협약안을 보면, 교육감은 갑이고 전교조는 을로 되어 있다. 우리 사회는 갑질 논란으로 시끄럽지만 단체협약을 보면 을질의 기세도 눈뜨고 보기 힘들다. 교육감은 전교조가 일어서라 하면 일어서고 앉으라 하면 앉는 식이다. 이는 교육감 자신이 직무를 유기하는 행위이며 단체협약안은 전교조에 바치는 항복 문서일 뿐이다. 주민 직선으로 당선된 교육감이 하는 행태를 학부모는 알아야 하고 이를 꾸짖어야 한다. 어떻게 교육감이 학생과 학부모를 걱정하는 것이 아니고 학부모가 교육감을 걱정하는 시대가 되었는지 모른다.

교육부는 시·도 교육청에 보낸 지침에서 "인사 교육정책 등 교원의 근로조건과 관계없는 사항은 단협 비교섭 대상"이라고 밝힌 바 있다. 그런데도 곽 교육감과 전교조 등이 보란 듯이 이를 어긴 것은 일종의 '항명'이다. 정부는 학생의 학습권을 심각하게 침해하는 독소조항에 대해 시정 명령 등 가능한 모든 조치를 강구해야 한다. 학부모가 친전교조 좌파 교육감을 걱정하는 이유는 무엇일까. 구체적으로 들여다보자.

엄포만 놓는 전교조 대책

우리 교육이 전교조에 휘둘리게 된 데는 정부의 책임이 크다. 노무현 정부는 전교조 초대 정책실장을 대통령 교육문화비서관에 두고 전교조 주장을 교육정책에 이식시키기에 바빴다. 이명박 정부도 전교조 눈치 보기 바빴다. 정부는 전교조에 대하여 늘 유약한 모습을 보여 주었다. 그간 사회적 물의를 야기한 학교 교실에서의 각종 계기수업에 대해 안 된다고 하면서도 강력한 대처를 하지 않았다. 계기수업 때마다 학부모와 언론으로부터 거센 항의를 받곤 했지만 전교조는 으레 있는 일로 치부하고 앞만 보고 달려가고 있다.

세계 젊은이들의 우상인 스티브 잡스는 "미국의 교원노조가 없어지지 않는 한 교육개혁의 희망은 없다"고 했다. 한국의 대다수 학부모들은 "한국의 전교조가 없어지지 않는 한 한국에서의 교육개혁의 희망은 없다"고 말할 것이다. 그러나 전교조는 반대 여론에도 불구하고 각종 계기수업을 지속적으로 강행하고 있다. 전교조는 자신들의 행태를 겉으로는 문제 삼으면서 사실상 방치해 버리는 교육당국에 대해서 전혀 부담을 느끼지 않는다. 교육당국의 유약한 태도가 문제 해결은커녕 오히려 문제를 키우고 있는 것이다.

전교조의 불법행위 등을 해결하는 과정에서 교육당국의 대응은 미흡하기 짝이 없다. 교원노조의 불법행위에 대해 엄정한 조치를 취하겠다고 큰소리쳐 놓고도 그대로 실행하지 않아 교직사회의 기강을 바로 세우지 못하고 있다. 아무런 제재 수단과 방법이 없는 학교장에게 문제를 해결하도록 지시하여 오히려 학교 내 갈등과 반목만 증폭시키는 결과를 낳고 있다.

이러한 현실을 간파한 전교조는 교육부나 시·도 교육청이 자신들에게 엄포만 놓았지 아무런 조치도 내리지 못할 것이라는 것을 알고 조합원들에게 이를 홍보하고 있는 실정이다. 설혹 어떤 조치가 취해진다고 해도 그것은 솜방망이 처벌이 될 거라는 사실을 알고 있으며, 만약의 경우 형사처분을 받거나 파면 또는 해임 등 중징계가 내려진다고 해도 '별 하나 더 단다'고 생각한다.

전교조는 뜨거운 감자

대한민국의 운명을 가르는 총선과 대선은 전교조의 영향력에 의해 좌우될 개연성이 높다. 이는 좌파 입장에서 보면 전교조 활동 극대화의 문제이고, 우파 입장에서 보면 전교조 해법의 문제다. 지금 우파 진영의 최대 약점은 노무현 정권 탄생의 일등공신은 전교조라는 사실을 잊고 있다. 전교조에 대한 피해의식과 패배주의에서 벗어나야 이 위기를 극복할 수 있다.

전교조는 단순한 노조가 아니고 정치집단이다. 우리나라에서 유일한 전국 정당이고, 진성 당원으로만 구성되어 있는 정당이며 현존 정당 중 가장 오랜 역사를 지닌 정당이다. 그들은 단순한 아마추어가 아니라 프로다. 노무현 정권 탄생의 산파역에 정권의 싱크탱크 역할을 수행하면서 직간접으로 정치, 경제, 사회, 국방, 외교 문제까지 간여했고, 현재도 제도권에 있으면서 종북 재야세력을 지원하고 있다.

2010년 지방선거에서 민노당 성향의 좌파 교육감 6명이 당선되었고, 2014년 선거에서는 17개 시·도 중 13개 지역에서 친전교조 좌파 교육감이 탄생했다. 좌파 교육감의 승리는 우파 분열에 의한 어부지리의 결과인데도 우파 진영 정치권은 이에 대한 진지한 반성이 없다. 좌파 교육감과 민노총, 민노당이 전교조의 불법

활동을 옹호하고 지원해도 우파 진영은 구경만 하고 있다. 뜨거운 감자에 대해서는 아예 손을 대지 않으려 한다. 그래서 국회에서 원내 안정 과반수를 확보하고도 국정을 주도하지 못했다.

서울시 광장이 좌파 수중으로 들어가게 되었다. 민주당 서울시 의회는 조례 개정을 통해 사전 허가제 문화집회를 폐지하고, 신고제 정치집회가 가능하도록 길을 터놓았다. 초·중·고교 학생들을 서울시 광장에 동원할 수 있는 준비가 끝났다. 학생인권조례는 학생들의 학교 밖 정치집회를 허용하고 있다. 지난날 미국산 소고기 광우병 파동 때보다 더 큰 규모로 더 뜨겁게 달굴 준비가 끝났다. 교육감들이 공공연히 좌파 성향의 학생단체를 지원 육성하고 있다. 무상급식이 보편화되면 학교급식노조가 전국 조직을 결성하여 민노총에 가입하여 정치 세력화될 것이며, 이들은 전교조의 최대 우군이 될 것이다. 아니 이미 전국적으로 학교별로 비정규직 급식노조가 결성되고 파업에 돌입한 바 있다.

▨ 정치권의 총체적 직무유기

그동안 정부는 총체적으로 직무유기 내지 직무해태를 해 왔다. 전교조 문제에 관한 한 교육부(교육과학기술부) 장관, 고용노동부

장관, 통일부 장관, 법무부 장관이 책임을 회피하고 직무를 유기하고 있다.

교육부 장관은 툭하면 고용노동부 장관의 소관이라고 핑계를 댄다. 사실 전교조 문제는 교사 입장에서 보면 노동문제이지만 학부모 입장에서 보면 교육문제다. 교육부 장관은 교원노조에 관한 로드맵을 갖고 주도해 나가야 한다. 특히 전교조 교사에 의해 이뤄지는 위법, 탈법 행위에 대해 철저한 대응책을 마련하여 솜방망이가 아님을 보여 주어야 한다. 시·도 교육감이 위법한 단체협약을 철저히 막지 못하고 있는 것도 직무해태라 할 것이다.

통일부 장관은 자신의 소임을 다하지 못하고 있다. 통일교육지원법 제11조는 "통일부장관은 통일교육을 실시하는 자가 자유민주적 기본질서를 침해하는 내용으로 통일교육을 실시한 때에는 수사기관 등에 고발하여야 한다"고 규정하고 있다. 따라서 현재 통일부 장관은 자유민주적 기본질서를 침해하는 통일교육을 하는 전교조와 좌파 단체의 활동에 대해 수사기관에 고발해야 하는데 그 직무를 유기하고 있는 것이다. 그런데 이러한 통일부 장관의 직무유기 사태를 문제 삼는 정치인을 보지 못했다.

법무부 장관과 검찰총장도 직무를 다하지 못하고 있다. 검찰은 국가보안법 위반을 이유로 민간단체가 2008년 10월 전교조를 이적단체로 처벌해 달라는 고발사건을 지금까지 처리하지 않고 있다. 국가보안법 제7조 3항은 이적단체를 "반국가단체의 활동을 찬양, 고무, 선전 또는 이에 동조하거나 국가변란을 선전, 선동할 목적으로 특정 다수인에 의하여 결성된 계속적이고 독자적인 결합체"라고 규정하고 있다. 우리는 거의 매일 전교조가 반국가단체 활동을 찬양, 고무, 선전, 동조하는 사례를 보고 있다. 이러한 정부의 직무해태에 대해 국회의원들은 입을 꼭 다물고 있다. 이것이 한국 정치의 모습이다.

좌파 눈치 보기는 중도 실용의 산물인가. 국가안보와 사회질서를 해치고 자유민주주의와 시장경제를 부정하며 위법, 탈법, 편법, 변칙을 일상화하고 국가와 체제에 대한 적개심을 키우면서 우리 아이들을 정신적으로 병들게 하는 전교조가 중도 실용의 품속으로 들어오리라고 생각하는 것은 착각이다. 중도 실용으로는 전교조 문제를 해결하지 못한다. 민주주의 국가에서 대화와 타협이 최선이라는 것은 하나의 상식이고 교과서다. 그러나 이 세상은 비상식이 지배하는 경우가 허다하다. 대화와 타협도 법의 테두리에서 진행되어야 하며 그것이 불가능하다고 판단될 때는 특단의 조치가 나와야 대한민국을 법치국가라 할 수 있다.

전교조는 노동조합이다. 사실은 교사가 노동자로 나서는 것을 비판하는 것이 한국인 대부분의 정서다. 그러나 정신적 노동자로 인정해 주자. 노동은 신성한 것이고 우리가 이를 존중해야 한다는 인식 전환이 필요하다. 자본주의 국가에서 노동자는 경제적 약자이기 때문에 단결권, 단체교섭권, 단체행동권을 주어야 한다.

자신들의 경제적 지위 향상을 위해서 국가의 법으로 이를 뒷받침하는 제도가 노동조합이다. 그렇다면 노동자는 법을 지켜야 한다.

노사가 대등한 위치에서 교섭을 통해 타협을 이루어내고 그 결과에 승복하여 노동자의 권익을 신장시키는 데는 준법이 선행되어야 한다. 다만 교원의 경우, 교육자로서 품위를 지키고 피교육자인 학생의 학습권을 보호하기 위해 단체행동권을 부여하지 않았다. 따라서 전교조 조합원은 법의 취지를 바로 인식하여 행동에 모범을 보여야 한다. 교원의 노동행위가 순기능을 발휘하도록 지원하고 협조해야 한다. 그러나 그 행위가 갓길 운행을 할 때 이를 바른 길로 가도록 직접·간접적 조치도 취해야 할 것이다.

우리는 전교조가 월급을 올려 달라, 근무조건을 개선하라, 후생복지를 해 달라고 할 때 그를 이해하고 비판해서는 안 된다. 전교조의 주장은 노조이기 때문에 당연한 것이다. 그런 것을 하지 않고 경영, 인사, 정치에 관여하는 것이 바로 문제다.

■ 말만 많고 행동이 없는 전교조 대책

정부의 전교조 정책은 NATO(No Action Talking Only) 정책이다. 말만 있고 실천 행동이 없다. 현 정부는 처방전만 내릴 줄 알았지 실제 처방은 하지 않는다.

전교조에 대한 정부의 입장과 대책은 이렇다. 전교조가 1999년 7월 출범 이후 교단 민주화에 기여한 점도 없지 않으나, 최근 들어 문제 해결을 위한 건설적인 노력과 협조보다는 수단과 방법을 가리지 않고 일방적인 주장만 강조하면서 대결적 투쟁으로 일관하려는 경향이 있고, 또한 지나치게 전교조 중심의 입장에 서서 의도적으로 교육 당국과 학교 등 교육 공동체 구성원 간의 반목과 갈등을 조장하고 있어 이에 대한 교단 안정화 대책이 필요하다는 것이 교육부의 입장이다. 이에 따라 교육부는 다음과 같은 대책을 수립했다.

첫째, 불법 노조활동에 대해 엄정 대처하기 위해 합법적인 교원 노조 활동에 대해서는 적극 지원하여 법 테두리 내에서 안정적이고 합리적인 노조활동이 정착되도록 유도하고, 불법적인 노조활동에 대해서는 법과 원칙에 따라 엄정 대처한다.

둘째, 법과 원칙에 따른 단체교섭을 실시한다. 교원노조법상의 단체교섭 대상 및 절차를 준수하되 해직교원 복직, 교육정책, 교육과정, 조직의 운영, 인사 등에 대해서는 교섭을 배제하고 학부모 의견 수렴 조항을 준수한다.

셋째, 단체교섭방법 개선을 추진한다. 상호 비방, 수용할 수 없는 무리한 요구로 시간 끌기 등을 자제토록 한다. 또 교육부 및 시·도 교육청 단체교섭 시 교섭대표로 초·중등학교 학교장을 참여시키고 학부모들을 배석시켜 교섭과정을 참관케 하며, 이를 학부모 의견 수렴의 기회로 활용한다. 또 교육부에서 사용자 측 단체교섭 요구안을 마련하여 교원노조와 단체교섭을 시범 추진한다.

넷째, 교원노조의 폐해에 대한 홍보를 강화한다. 교원노조 활동에 의한 폐해 발생 시 현장을 보존하고 이를 알려 교원노조 활동의 순기능 제고를 위한 학부모의 견제 역할을 강화하도록 한다.

다섯째, 교원 복무기강을 확립하기 위해 근무시간 중 불법집회에 참여한 교원을 색출하여 그에 상응한 신분상의 조치로 복무기강을 확립하고, 교원의 복무 감독이 효율적으로 실시될 수 있도록 교장의 권한을 제고하는 방안을 강구한다. 또 교원 연수 시 올바른 교원노조의 목적과 노조활동에 대한 이해를 도울 수 있는 연수 프로그램을 운영한다.

어섯째, 교원노조 업무 담당 공무원의 전문성 제고 및 사기진작을 위하여 노동관계법 연수 프로그램을 운영하고, 교원노조 업무

전담 우수 인력 확보와 자긍심 제고를 위한 승진, 전보 등의 인사에 있어서 우대 방안을 강구한다. 아울러 선진 외국의 노사관계제도, 운영 실태 견문을 위한 국외 연수를 실시하며, 원만한 노사관계 업무 수행에 필요한 수당을 신설하여 지원한다.

그러나 정부의 전교조 정책은 말만 있고 실천 행동이 없다. 현 정부는 처방만 내릴 줄 알았지 실제 손을 쓰지 않는다. 그간 교육부의 전교조 대응책을 들여다보면 진단서만 그럴 듯하다. 치료도하고 수술도 해야 하는데 나 몰라라 하고 있다. 약을 처방해도 환자가 약국에 가지 않으면 그만이고, 약을 구입했다고 해도 환자가그 약을 복용하지 않으면 모든 것은 헛일이 되는 것이다. 정부의 전교조 대책이 이 모양이다.

🌸 탈법적인 단체협약 관행 일상화

교육부는 그간 수차례에 걸쳐 교원노조에 대한 세밀한 진단과함께 처방을 내놓았다. 그러나 이러한 약속은 전혀 지켜지지 않고 있다. 이 시점에서 교육부가 해야 할 일은 무엇보다도 학생의학습권과 학부모의 교육권이 우선 보호받는 토대 위에서 단체교섭을 실시하는 관행을 정착시켜 나가는 일이다. 교원노조 주장을 일방적으로 수용할 것이 아니라, 법과 원칙에 따라 주어진 권한 내에서 단체교섭을 실시하고 단체협약을 체결해야 한다.

2003년 4월 작성된 교육부 자료를 보면, 전교조 등 교원노조를 바라보는 현 정부의 시각과 향후 대응 방안은 주목할 만하다. 교육현장의 갈등을 극복하기 위해 시민단체, 학부모, 언론계 등이 참여하는 '교육현장안정화대책기획단'을 발족함과 동시에 교원노조의 불법·부당한 행위에 대해서는 법과 원칙에 따라 단호하게 대처하겠다고 강조하고 있기 때문이다.

기본 방향은 "NEIS 시행, 교육개방, 반전교육 등 교육 현안을 둘러싼 교육부와 교원노조의 갈등, 일선 교육현장에서 교원노조와 관리자의 분열상을 극복하기 위해 참여와 화합을 통한 교육현장의 안정화를 추진한다"고 되어 있고, 이를 위해 '교육현장안정화대책기획단'을 발족·운영하되, 기획단은 단위학교별, 지역교육청별 '학교분쟁조정기구'를 설치하고 노사관계를 구조적으로 개편·보완하는 방안을 마련한다고 하였다. 특히 불법·부당한 행위에 대해서는 법과 원칙에 따라 단호하게 대처하겠다는 것을 계속해서 강조하고 있다.

교육부의 전교조 대책을 보면 총론은 구구절절 옳은 이야기다. 문제는 교육부의 그러한 정책 발표나 방침을 믿는 사람들이 거의 없다는 데 있다. 정부가 전교조의 연가 투쟁이나 불법행위에 대해 단호한 조치를 취하겠다고 엄포를 놓아도 대한민국에는 그것을 액면 그대로 믿는 교장도 없고 교사도 없다는 데 문제의 심각성이 있다. 교육부가 전교조에 대해서는 강하게 나오지 못할 것이라는 인식과 믿음이 전교조 교사들 사이에 있기 때문에 그들의 행동이 점차 과격해지고 있는 것이다.

노무현 정부에서 김신일 교육부총리 재직시 불법 연가 투쟁을 수차례 자행한 교사에 대해 징계조치를 내린 것이 그나마 신뢰 회복의 단초가 될 수 있지 않을까 기대했으나, 그런 솜방망이로는 문제를 근본적으로 해결하지 못했다. 현직 학교장과 비전교조 교사들에게 물어보면 안다. 그들도 정부가 전교조에 대해서는 손을 대지 못할 것이라고 답할 것이다. 이것은 오랜 기간 그들이 경험을 통해 얻은 결론이다.

정부 정책에 대한 불신은 이미 심각한 수준이다. 아이러니한 것은 지난날 권위주의 정부 때보다 문민정부, 국민의정부, 참여정부를 거치고 이명박 정부, 박근혜 정부, 현재 문재인 정부에 이르러서도 별로 달라지지 않았다.

정부 정책에 대한 불신의 골이 더욱 깊어지고 있다. 새 정부가 법과 원칙을 강조할 때 많은 국민들은 '혹시나' 하고 기대했으나 전교조 눈치 보기와 말 바꾸기, 잇단 궤변을 경험하면서 '역시나'로 돌아서며 실망감을 감추지 못하고 있다.

제11장

종합처방, 키워드 열 가지

　우리나라는 어쩌다가 '거짓말 불감증', '안보 불감증' 사회가 되었다. 청소년의 국가에 대한 자긍심은 바닥이다. 이를 전교조 탓만으로 돌려서는 안 된다. 그 뿌리는 가정교육에서 찾아야 할 것이다. 이스라엘처럼 부모가 직접 밥상머리 교육을 통해 국가가 무엇인지를 가르치고 자신의 역사를 들려주어야 한다. 교육의 원점은 가정이다.

　지금 대부분의 학부모들은 학교에서나 가정에서 도덕이나 민주주의에 대하여 제대로 교육을 받지 못한 채 성장하고 결혼해서 부모가 되었다. 자신의 역사도 제대로 배우지 못했다.

　미국, 일본 등 선진국의 경우는 어렸을 때 매우 엄격하고, 초·중·고교로 가면서 자율을 인정하는 데 반해, 우리나라의 경우 어렸을 때 관용적이고 성장함에 따라 부모의 간섭이 강화된다. 이러한 방식은 기본 생활습관을 몸에 배게 하는 데 장애요인이 되며 아이들의 자립심을 키우는 데 도움이 되지 않는다. 어렸을 때 기본적 생활습관은 학교의 몫이 아니라 가정교육을 통해서 몸에 배도록 해 주어야 한다.

학생이 스승을 신뢰하지 않으면 교육은 성공하지 못한다. 우리 아이들을 위하여 스승을 믿게 하는 스승 존경 풍토를 가정에서부터 조성해야 한다. 교원들의 마음의 상처를 치유하고 학생들이 선생님을 따르도록 해야 한다.

학생인권조례, 체벌금지조치 등으로 교사를 불신하는 행정은 멈추어야 한다. 학교장이 학교를 책임지고 운영하는 체제를 확립하고, 학교운영위원회 구조를 공급자인 교사 위주에서 수요자인 학부모 중심으로 전환하도록 학부모가 나서야 한다.

학부모와 학교 선생님은 수레의 두 바퀴다. 학교에는 전교조 교사만 있는 것도 아니고 전교조 교사라고 모두 문제가 있는 것도 아니다. 전교조를 정치적으로 이용하는 정치세력과 이에 공조하는 전교조 지도자를 탄핵해야 한다. 전교조를 변화시킬 수 있는 사람은 학부모뿐이다. 그러므로 이제 학부모가 나서야 한다.

■ '단체협의' 창구 단일화

정부는 모든 교직단체와의 단체협의를 단일화해야 한다. 지금 한국교총은 '교원지위향상법', 교원노조는 '교원노조법'에 의해 단체협의를 하고 있는데 협의 내용은 거의 유사하다. 교원은 전문직으로서의 기능과 노동직으로서의 기능이 있기 때문에 이 두 성격을 모두 수용하여 가칭 '교원의 단체교섭에 관한 법률'을 제정하여 현재 이원화되어 있는 단체교섭 창구를 일원화한다.

이렇게 되면 교육부장관 또는 교육감은 동일한 사항에 대하여, 교원노조와 한국교총과 단체협의하는 중복성과 행정 낭비를 피할 수 있다.

모든 교원단체의 단체협의를 단일화하려면 한국교총에 가입하고 있는 대학교수와 교장·교감 집단을 한국교총의 별도 단체로 인정하고, 한국교총의 교사 집단만 교원노조와 대등한 입장에서 단체협의를 하도록 해야 할 것이다.

▨ 단체협의 사항의 적법화

단체협의는 임금, 근무조건, 후생복지에 국한해야 한다. 국공립 학교의 경우 교육부와 교원노조, 각 시·도 교육감과 교원노조 간의 단체교섭은 임금, 근무조건, 후생복지 등 경제적·사회적 지위 향상과 관련된 사항으로 엄격히 한정한다. 사립학교의 경우 사학법인연합회와 교원노조, 각 학교법인과 당해 학교 교원노조 간의 단체교섭도 마찬가지로 한정한다.

현행법도 단체교섭을 임금, 근무조건, 후생복지에 한정하고 있으나 구체적 사안이 발생한 경우 그것이 임금, 근무조건, 후생복지에 해당되는지 그 여부에 대한 해석이 엇갈려 법령으로 구체적으로 규정할 필요가 있다. 단 '교원의 단체교섭에 관한 법률'이 실현되면 교육정책에 관한 협의도 허용해야 할 것이다.

교원노조의 설치 근거가 되는 '교원의 노동조합 설립 및 운영 등에 관한 법률'(교원노조법)을 보면, 교섭 범위는 조합원의 임금, 근무조건, 후생복지 등 경제적·사회적 지위 향상에 관한 사항에 대하여 교섭하고 단체협약을 체결할 수 있도록 되어 있다(법 제6조 1항). 또 단체교섭을 하거나 단체협약을 체결하는 경우에는 국민여론 및 학부모의 의견을 수렴하여 성실히 교섭하고 단체협약을 체결하여야 한다(제6조 제4항)고 되어 있다. 뿐만 아니라 노동조합과 그 조합원은 파업·태업 기타 업무의 정상적인 운영을 저해하는 일체의 쟁의행위를 하여서는 아니 되며(제8조), 교원의 노동조합은 일체의 정치활동을 하여서는 아니 된다(제3조)고 분명히 못 박고 있다.

그러나 이러한 법 규정은 이미 사문화된 지 오래다. 전교조는 임금, 근무조건, 후생복지 등 노동조합으로서 당연히 집중해야 할 문제에 대해서는 오히려 관심이 희박하다. 또 참교육을 내걸면서도 정작 학생들에 대한 학습지도와 생활지도는 소홀히 하고 학교 운영이나 교육정책에 더 많은 관심을 쏟는다. 전교조가 역점사업으로 추진해 온 NEIS 저지, 교육개방 저지, 교장선출보직제 관철, 교육과정 보완, 통일운동, 반전·평화 수업 등은 노동조합의 순수한 모습과는 거리가 먼 것들이다.

정부는 이러한 문제들에 대해 법과 원칙을 지키며 단체교섭을 진행했어야 했는데 법과 원칙은 번번이 무시됐다. 교육정책, 인사문제, 교육과정, 학교 운영 전반에 걸쳐 협의가 이뤄지다 보니 협의 안건만도 무려 400여 건이 넘는다. 이런 상황에서 학교 교육의 정상화는 요원할 수밖에 없다. 이러한 결과를 가져온 책임은 정부와 교원노조 쌍방에 있다고 하겠으나, 사실 정부의 책임이 더 크다고 할 것이다. 정부 스스로 위법을 저질렀기 때문이다. 그렇다면 오늘의 혼란 사태를 가져온 가장 큰 책임은 정부에 있다고 해도 지나친 말이 아닐 것이다.

🔲 간부급 부장교사 가입 불허

교원노조에 가입할 수 있는 자격 대상을 조정한다. 현행법에서는 교장과 교감을 제외한 교원 전체가 조합원으로 가입할 수 있다. 이는 일반 노동조합이 간부, 비서직, 인사담당자, 예산담당자를 제외하고 있는 것과 균형이 맞지 않는다. 단위학교에서 부장교사는 회사나 공공기관에서의 간부급에 속하므로 노조 가입 대상에서 제외해야 한다. 부장교사(주임교사)의 교원노조 가입을 인정하면 단위 학교는 교장, 교감을 제외한 전 교직원이 조합원이 될 수 있다는 이야기가 된다.

🔲 전교조, 민노총 가입은 안 된다

필자는 오래전부터 전교조의 민노총 가입이 불법임을 주장해왔다. 교원노조의 경우 교육공무원 신분의 특수성을 감안하여 처음부터 단체행동권을 인정해 주지 않았기 때문에 단체행동권을 가진 민주노총에 가입해서는 안 된다. 노동조합은 단결권, 단체교섭권, 단체행동권이라는 노동3권이 있다. 그런데 교원노조와 공무원노조에게는 노동3권 중 단결권과 단체교섭권만 인정받는다. 칼과 총과 대포를 가져야 하는데 칼과 총밖에 없으니 대포를 가진 민노총에 들어가 그 무기를 빌려 쓰겠다는 속셈이 깔려 있는 것이다. 탈세가 범죄라면 탈법도 범죄다.

전교조는 교원노조로서 헌법 제7조 및 제31조 제4항에 의해 공무원으로서 정치적 중립성과 교육의 정치적 중립성을 준수하여야 하며 교원노조법 제3조에 따라 일체의 정치활동을 해서는 안 된다. 그런데 민노총에게는 노동자의 정치활동이 허용되어 있으니 민노총에 가입하여 그 지시에 따라 총파업에 적극 참가하겠다는 것이다. 오늘의 공무원노조도 마찬가지다.

산하 노조가 상부 노조의 지시를 따르는 것은 지극히 당연하고 자연스러운 일이다. 여기서 통합공무원노조가 왜 민노총에 위장취업을 하려고 하는가 하는 것이 문제다. 3개 공무원노조 중 이미 민노총에 가입해 있던 전공노는 정치 쟁점에서 진작부터 민노당, 민노총과 보조를 같이했다. 2016년 6~7월 촛불시위 때는 행정업무 거부선언을 했고 대통령 불신임 투표를 추진하기도 했다.

통합공무원노조가 지금 가려고 하는 길은 전교조가 밟아 온 길이다. 전교조는 민노총이 한미자유무역협정(FTA) 반대 같은 쟁점을 놓고 벌인 총파업에도 참여했다. 민노총은 민노당의 최대주주로 정치활동을 해 왔다. 전교조는 미디어법 강행 중단, 대운하 재추진 의혹 해소 등의 주장을 담은 시국선언을 발표했다. 여기에 공무원노조가 들어가면 국가의 위계질서는 어떻게 되며 나라꼴이 온전히 돌아가겠는가.

정부는 대국민 담화에서 밝힌 대로 공무원노조가 민주노총과 연대하여 정치투쟁에 참여해 실정법을 위반할 경우 법에 따라 단호히 대처해야 한다. 정부가 공무원노조의 민주노총 가입을 인정하고, 공무원노조는 정치투쟁보다는 자신들의 생존권과 복리증진에 치중할 것을 약속하면 극렬한 대립은 피할 수 있을 것이라고 그럴듯하게 꼬드기는 사람도 있으나, 노사관계에서 이러한 낭만적인 전망은 금물이다.

전교조와 공무원노조가 상부 노조 가입의 필요성을 절감한다면 단체행동권과는 상관이 없는 단결권, 단체교섭권만을 갖는 상부 노조를 만들어 그곳에 들어가면 된다. 그렇지 않으면 국민을 납득시켜 법적으로 단체행동권을 확보한 후 민노총에 가입하면 아무런 법적 하자가 없다.

📙 교원자격증제도 개선

교사자격증을 10년마다 갱신하도록 하고, 시보제도를 도입한다. 정식 임용 전 초임 교사의 시보 기간을 2년으로 하고, 2년 후

정식 교사로 발령한다. 자격증이 한번 발부되면 평생 유효해 교원으로서의 자질이나 태도, 능력에 문제가 있더라도 교직 생활을 계속할 수 있는 현행 제도를 손보지 않으면 교직 사회의 활성화는 기대하기 어렵다. 일본은 교육개혁의 일환으로 이 제도의 도입을 추진하고 있으며, 시보 기간 1년을 3년 연장하는 방안이 검토되고 있다.

교원평가제 도입

교원평가제도를 실시한다. 교원평가는 공정성과 신뢰성이 관건이기 때문에, 교원 상호간의 다면평가와 학교장의 평가 그리고 중립적 기구의 평가가 병행되어 엄정한 평가가 되도록 해야 한다. 교원평가는 교사에 국한하는 것이 아니라 교장과 교감을 포함하며, 평가 결과는 재교육과 전문성 신장과 연계하여 활용하도록 한다.

경우에 따라서는 자질이 부족한 교원을 정리하는 수단이 되어야 할 것이다. 교원평가에 있어서 학부모와 학생의 교원평가는 현 단계에서는 보류하고, 다만 학부모와 학생의 의견은 참고한다. 평가 결과 자질이 없고 무능한 교원은 가려내고, 우수 교원에 대해서는 상여금, 가산점 부여 등 인센티브를 주어야 한다.

■ 학교 교육 정보 공개

학교 교육 정보를 공개한다. 학교 경영의 투명성 확보를 위해 학교의 예산, 인사, 교육과정 운영과 학교장의 경영방침 그리고 교사들의 교육활동과 생활지도까지 소상히 학부모와 학생에게 공개한다. '교육 관련 정보공개법'을 보강하여 학교 경영에 관련된 자료 일체와 학력 평가 결과 그리고 교사의 교내외 활동사항, 특히 교직단체 가입 활동사항까지 학교 인터넷에 공개한다. 물론 사생활에 해당되는 것과 교원평가 결과는 제외한다.

■ 학교 선택권 보장

학교 선택권을 학생과 학부모에게 돌려주어야 한다. 교육을 시장기능에 맡기면 전교조 문제와 학교 비리 척결이 자연스럽게 해결된다.

전교조를 선호하는 학부모는 전교조 활동이 활발한 학교를 선택하면 되고, 전교조가 싫은 학부모는 그런 학교를 선택하지 않으면 된다. 학교 선택권을 학부모에게 돌려주면 학부모들이 굳이 비리가 많고 투명성이 의심되는 학교를 선택하지 않을 것이므로 전교조가 바라는 비리 척결 문제도 자연히 해결될 것이다.

▦ 학교운영위원회 개선

수요자 중심의 학교운영위원회가 되도록 개선한다. 현행 학교 운영위원회는 많은 경우 교육 공급자인 교사들의 독무대가 되고 있다. 학교장이 책임지고 학교를 운영하는 체제로 강화하고, 학교 운영위원회 구조를 교육 공급자인 학교와 교육 수요자인 학부모의 양대 기둥으로 개편하여 학교 관리 행정뿐만 아니라 학교 교육을 협의하고 건의하는 실질적인 교육 수요자 중심의 자율기구가 되도록 한다.

▦ '우수교원확보법' 제정

'우수교원확보법'을 제정하여 매년 예산 당국은 교육부와 의무적으로 교원의 임금에 대해 협의하되 그 수준을 일반 공무원보다 우대하도록 한다. 교사의 권익을 교원단체 활동을 통해서가 아니라 국회와 지방의회에 다수의 대표나 지지세력을 진출시키는 방향으로 길을 터준다.

일본은 우수교원을 확보하기 위해 소위 '인재확보법'을 재정하여 다른 일반 공무원보다 처우를 개선하도록 구제적 사항을 규정해 놓고 있다. 선언적 규정이 아니라 매년 문부과학성(교육부)은 예산 당국과 협의하여 일반 공무원보다 봉급을 우대하여 지급하도록 구체적으로 규정하고 있다. 일본의 현행 제도를 검토하여 우리 실정에 맞는 제도로 정립시키자는 것이다. 매우 실용적인 제도라고 생각한다.

그러나 전교조는 일반 강성노조와 다른 면이 있다. 일반노조가 조합원의 임금, 근무조건, 후생복지에 대한 지나친 요구로 문제가 있는 데 반해, 전교조는 이와는 전혀 달리 법에서 금지하고 있는 정치적 활동 때문에 문제가 된다.

이상에서 열거한 키워드는 전교조에 대한 해법이자 국가경쟁력을 제고하는 수단이다. 세계 각국의 노동운동 중에서 우리의 노동운동이 강성인 것은 이미 잘 알려져 있으며, 이로 인해 외국 기업이 한국 진출을 꺼리고 있을 뿐만 아니라 우리나라 기업조차도 외국으로 빠져나가고 있는 판국이다.

이런 상황에서 전교조는 민주노총의 핵심세력으로 정치적인 행태를 보이며 권력화의 길을 걷고 있고, 좌경이념으로 무장한 교사들은 학교를 점령하고 혁명기지화하고 있다. 오늘의 현실을 그대로 좌시할 수는 없다. 이제 전교조는 다시 태어나야 한다. 탈정치·탈이념으로 투사나 전사가 아닌 순수한 교사로서 아이들 곁으로 다가가야 한다.

그렇지 않으면 전교조는 타율에 의한 변화를 감수해야 한다. 모든 교육개혁의 중심에 교원 개혁이 뒤따르게 될 것이다. 그것은 당연한 귀결이지만 불행한 일이다. 한국의 교사들은 누구인가. 그들은 자랑스러운 오늘의 대한민국을 건설하는 데 원동력이었다. 그러기에 그들은 자신들을 스스로 개혁할 수 있는 자생력을 갖고 있다고 나는 믿는다. 그 교사들 중에는 전교조 교사들도 포함되어 있음을 분명히 하고자 한다.

전교조 해법은 종국에는 관련 기관의 역할 분담을 통해 이루어져야 할 것이다. 전교조는 단순한 노조가 아니고 정치집단의 성격을 띠고 있기 때문에 어려움이 많다. 지난날 좌파 정권 탄생의 산파역에 정권의 싱크탱크 역할을 수행하면서 직·간접으로 정치, 경제, 사회, 국방, 외교 문제까지 간여했고 현재는 촛불청구서를 제시하고 있는 판이다.

우파 보수세력의 최대 약점은 전교조에 대한 피해의식과 패배주의다. 노무현 정권 탄생의 일등공신이 전교조이며 문재인 정권도 최대 수혜자다. 오늘날 통진당을 비롯한 종북 좌파 세력을 키운 근원이 전교조의 좌편향 의식화 교육이다. 이에 대한 문제의식이 전제되어야 한다. 보수 진영은 전교조를 뜨거운 감자로 여겨 되도록 관여하지 않으려 했고, 좌파는 정치적 동지로 이를 활용해 왔다.

전교조 문제는 초당적으로 해결해야 할 성질의 것이다. 정부, 국회, 지자체, 민간단체가 정권 차원이 아닌 국가 차원에서 역할을 분담해야 할 것이다. 이를 학부모가 감시해야 한다.

선생님들이 변해야 학교가 변하고 학생이 변한다. 이것이 전교조가 살고 교육이 살고 대한민국이 사는 길이며, 대의(大義)이고 대세(大勢)다. 이 길을 거역하면 교육계는 타율의 힘에 의해 구조조정을 당할 수밖에 없을 것이다. 20년 전 내가 전교조에 경고한 내용 그대로다.

전교조를 바로 세우려면 교원정책 전반에 걸친 종합적인 처방이 필요하다. 그간 전교조는 너무 정치세력화되어 있다. 국가의 미래를 생각하여 정치권은 전교조를 정치적으로 이용하려고 해서는 안 된다. 전교조에 관한 대책은 학교 현장에 국가경쟁력을 키우는 새바람을 불어넣고 전교조도 함께 동참하는 처방이 되어야 한다.

전교조 대책은 한꺼번에 모든 방안을 추진할 수도 없고 또 그럴 필요도 없다. 학교 공동체 내의 잘못된 집단이기주의와 편의주의를 뽑아내되 교사의 권익도 배려하면서 교육 전문가와 학부모의 의견을 들어 선별적으로 그리고 단계적으로 인내심을 갖고 추진해 나가야 할 것이다.

분명한 것은 그때 그때의 대증요법으로는 전교조 문제를 근본적으로 해결하지 못한다는 사실이다. 전교조 대책은 관련 기관이 역할 분담을 해야 한다.

책을 마무리하며

프랑스의 석학 기 소르망은 《신국부론》(1986)에서 1960년대 저주받은 한국을 이렇게 소개했다.

"국토는 작고 인구는 많고 자원은 없다. 국민의 80%는 문맹이고 외국인과 의사소통은 불가능하다. 식민착취, 국토양분, 내란으로 200만 명이 죽었다. 예산의 3분의 1을 국방비로 쓴다. 1961년까지만 해도 전문가들은 이 나라가 끝장났다고 했다. 74개 후진국 명단에서 1인당 국민소득 60위였던 나라가 25년 후에 9위가 되었으니 무슨 요술약이라도 먹었는가?"

짧은 기간에 번영을 이룩한 대한민국의 현대사는 서양인의 눈에 마법으로 비친 것이다. 그런데 우리나라 역사학자들은 한국사, 그중에도 현대사를 갖고 치열하게 싸운다. 외국인이 부러워하는 자랑스러운 역사를 두고 수치와 죄악의 역사라고 폄훼한다. 한국현대사를 "정의가 패배하고 기회주의가 득세"한 오욕의 역사로 치부하기도 했다. 남 탓, 사회 탓, 국가 탓을 하며 길들여진 나태,

무책임, 방종의 근원이 어디인가를 생각해 보았다. 우파냐 좌파냐, 보수냐 진보냐 하는 이념의 잣대가 아니라 대한민국의 정통성, 과거에 대한 부정이냐 긍정이냐라는 관점에서 역사를 해석해야 할 것이다.

유럽의 한반도 전문가인 포스터 카터(영국 리즈대학교 교수)의 이야기를 들어보자.

"한국의 진보주의자들은 과거에 얽매이고 세계사의 흐름에 뒤떨어져 때늦은 좌경화에 빠져 있다. 한국은 제3세계 국가의 입장에서 본다면 엄청난 성공 사례다. 그런데 한국의 진보주의자들은 자신들의 긍정적 측면을 잘 보지 않는다. 매사를 대립적으로만 몰고 간다. 과거 역사가 이룩한 성과를 받아들일 수 있어야 한다."

"한국은 미래를 위해 해야 할 일이 태산이다. 그런데 60년 전의 친일 문제를 다시 끄집어내고 있다. 이는 진보세력이 기성세력을 공격하려는 정치적 의도를 내포한 것으로 보인다."

그는 한반도 문제를 비판하면서 진보주의자들이 외교적으로 이중 잣대를 갖고 있다고 말한다.

"미국과 일본에 대해서는 지나치게 가혹한 반면, 중국과 북한에 대해서는 이상하리만치 관대하다. 중국과 북한에서 저질러지고 있는 인권탄압에는 눈을 감는다. 한국에는 불교신자가 많은데 달라이라마에 대한 중국의 탄압에도 무관심하다. 한국에서는 여중생

두 명이 미군 장갑차에 치어 숨진 것이 큰 문제가 됐다. 이해할 수 있지만 북한에서 수많은 어린이들이 죽어 가는 건 왜 문제 삼지 않는가?"

"한국은 중국이나 브라질, 인도보다 지역적·계층적 양극화 현상이 적은 나라다. 외환위기 이후 빈부격차가 벌어지고 있지만 그 정도는 자본주의 사회에서 어쩔 수 없는 일이다. 이것을 국가적 어젠다로 삼는 것은 난센스다."

이것이 포스터 카터 교수가 말한 결론이다.

40년 전 미국으로 이민 간 학교 후배가 오랜만에 모국에 와서 서울시청 광장 태극기 집회에 다녀왔다는 전화를 받았다. 그의 초청으로 몇 년 전 미국 콜로라도 대평원에 세워진 '잊혀진 전쟁'의 푯말이 생각났다.

전교조 교재는 "6·25는 누가 일으켰느냐가 문제가 아니다"라고 가르친다. "남침이냐 아니냐"에 교육의 초점을 맞추지 말고, "외세는 살찌고 민족은 초토화되었음"을 교육해야 한다고 주장한다. 6·25로 인해 미국과 일본의 자본은 엄청난 수혜를 받았으며, 이로써 미국 자본은 공황의 위험에서 완전히 벗어날 수 있었지만 그 대가로 한반도는 죽음과 파괴의 아수라장이 되었다는 것이다. 그런데 미국과 일본의 자본을 살찌게 한 나쁜 전쟁을 누가 일으켰는지, 그 아수라장을 누가 만들었는지에 대한 책임을 묻는 교육은 없다.

나는 오늘도 내가 찍어 온 콜로라도 한반도 38선 사진을 자식들에게 보여 주며 "6 · 25를 잊지 말라"고 말한다. 열세 살 초등학교 6학년 어린 시절, 엄동설한 대한 추위를 하던 날 피란길에 숨진 누이동생을 생각한다.

정권이 바뀌고 사람이 바뀔 때마다 교육정책이 바뀌고 정치가 흔들리는 것을 지켜보면서 보다 근본적인 문제를 제기한다. 초당적 국가교육개혁위원회 설립을 제안한다. 전교조 문제도 여기서 풀기를 바란다.

정권이 바뀌고 사람이 바뀔 때마다 교육개혁이 단행된다. 국민들은 항상 정부의 교육개혁에 희망을 걸어보지만 끝내 실망한다. 그 이유는 밑기둥 큰 그림을 그려내지 못하고 있는 데다가 교육이 정치권의 당리당략에 발목이 잡혀 있기 때문이다. 교육개혁의 역사는 입시제도의 역사다. 박정희 정부로부터 이명박 정부에 이르기까지 50년 동안 입시제도가 14번이나 바뀌었다. 어느 나라에도 이런 기록은 없을 것이다. 문재인 정부에 와서도 마찬가지다.

정보화 사회, 4차 산업사회에 와서도 창의성 계발과 인성교육을 어떻게 펼칠 것인가 하는 것이 우리의 과제인데 입시제도 개혁에만 매달려 있다. 그것도 이전 정권이 만든 제도를 다음 정권보고 시행하라 하니 제대로 굴러가지 않는다. 교육을 정치적으로 이용하면서 명분을 공교육 살리기 아니면 사교육 절감을 내세운다. 교육은 가치중립적이어야 한다. 입시제도를 바꿀 때마다 학원은 환호성이다. 유행이 바뀌어야 옷이 잘 팔리듯 입시제도가 바뀌면 학원 수입이 늘 수밖에 없는 구조이기 때문이다.

우리나라 교육개혁의 고질적 병폐는 정치의 경직성이다. 여당이 하는 일은 야당이 무조건 반대다. 여당도 야당이 하자고 하면 거부감을 갖는다. 정권이 바뀌어도 마찬가지다. 국가적 교육과제를 지속적으로 끌고 갈 중심 주체가 없다. 국가적 교육과제를 정권교체와는 상관없이 지속적으로 끌고 갈 국가교육개혁위원회를 만들고 여기서 국가 백년대계를 다루도록 하자. 임기응변식 땜질정책은 학부모에게 재앙이며 교사에게는 일종의 고문이나 다름없다.

교육정책은 이벤트성과 저돌성이 아닌 일관성과 지속성이 중요하다. 교육개혁은 나무를 자주 옮기면 몸살을 앓을 수밖에 없다. 교육열 하나로 버텨 온 학부모들은 피로에 지쳐 냉소주의로 돌아서고 있다. 지금의 위기는 바로 정책 불신이다. 개혁이 현실을 개선하기는커녕 부담을 안겨 줘 개혁은 곧 새로운 혼란이란 생각을 가지게 되었다.

일본은 우리와 달리 큰 그림을 그려왔다. 그들은 지난 140년 동안 4차에 걸친 교육개혁을 추진해 왔다고 말한다. 1차는 1872년인 메이지(明治) 5년, 2차는 태평양전쟁이 끝난 2년 후인 1947년 쇼와(昭和) 22년, 3차는 1984년 나카소네 총리, 그리고 4차는 2000년 오부치 총리 주도하의 교육개혁을 일컫는다. 메이지 유신을 이끌었던 1차 교육개혁은 일본을 근대화시켰고, 패전 후 미군정이 주도

했던 2차 교육개혁은 군국주의 일본에 민주주의 씨를 뿌려 놓았으며, 나카소네의 3차 개혁은 사상 최고의 경제 대국으로 발돋움했던 일본 전성기의 문제점을 해결하기 위해서, 4차 교육개혁은 21세기 정보화 사회에 대비하기 위한 국가 전략 차원에서 단행되었다.

현재 우리나라 교육개혁 추진을 위한 대통령 자문기구나 장관의 자문기구가 없는 것은 아니다. 그간 정권 교체에 따라 명칭이 교육개혁위원회(김영삼 정부)에서 새교육공동체위원회(김대중 정부), 교육인적자원정책위원회(노무현 정부), 국가교육과학기술자문회의(이명박 정부) 등으로 수없이 바뀌었다. 명칭 변경이 무슨 의미가 있는가? 교육을 일컬어 '국가 백년대계'라고 하지 않는가. 그러기에 교육은 정권과 운동 차원을 뛰어넘어야 한다. 범정부 차원의 국가교육정책기구로서 가칭 '국가교육개혁위원회' 구성을 제안한다.

첫째, 국가교육개혁위원회는 대통령의 단순한 자문기구나 범정부 차원의 협의기구가 아니라 자주적 독립성과 정치적 중립성을 지닌 초당적인 법정기구가 되어야 한다. 대통령의 교육정책을 뒷받침하되 여·야 정치권의 이해와 협조를 구하는 창구를 만들어 소통을 하도록 한다.

둘째, 이 위원회는 상설기구로 두되 위원의 임기를 대통령 임기와 달리한다. 대통령의 임기가 끝나 물러가도 교육개혁위원 정원의 반수 이상이 바뀌지 않도록 한다. 신분을 보장하여 정권교체나 외부의 정치적 압력에 흔들리지 않도록 한다.

셋째, 그 구성원은 교육학자, 교육행정가, 교직단체, 학부모단체, 교원, 기업인, 언론인, 문화인 등 각계각층 인사를 총망라한다. 그리고 이 위원회는 정부가 추진하는 교육정책을 중간 점검하고 이에 대해 의견을 개진할 수 있게 해야 한다.

국가교육개혁위원회가 입법, 행정에 영향력을 행사할 수 있는 명실상부한 실질적 기구로 자리매김해야 우리나라 교육이 정치의 흐름에 휘둘리지 않고 선진국 진입을 뒷받침할 것이다.

친교조 알아야
대한민국 지킨다

펴낸날   초판 1쇄 2017년 11월 10일

지은이   김진성
펴낸이   서용순
펴낸곳   이지출판

출판등록   1997년 9월 10일 제300-2005-156호
주 소   03131 서울시 종로구 율곡로6길 36 월드오피스텔 903호
대표전화   02-743-7661   **팩스** 02-743-7621
이메일   easy7661@naver.com
디자인   박성현
인 쇄   네오프린텍(주)

값 18,000원

ISBN 979-11-5555-077-9   03800

※ 잘못 만들어진 책은 바꿔 드립니다.

이 도서의 국립중앙도서관 출판예정도서목록(CIP)은 서지정보유통지원시스템 홈페이지(http://seoji.nl.go.kr)와
국가자료공동목록시스템(http://www.nl.go.kr/kolisnet)에서 이용하실 수 있습니다.
(CIP제어번호: CIP2017026761)